只是遇见过

瞿炜

著

吉林文史出版社
JILINWENSHICHUBANSHE

图书在版编目（CIP）数据

只是遇见过 / 瞿炜著． -- 长春 : 吉林文史出版社，
2020. 7（2022. 2）

ISBN 978-7-5472-7016-5

Ⅰ．①只… Ⅱ．①瞿… Ⅲ．①小说集－中国－当代

Ⅳ．①I247

中国版本图书馆 CIP 数据核字（2020）第 113923 号

只是遇见过
ZHISHIYUJIANGUO

著　　者：瞿　炜
责任编辑：钟　杉　王　新
封面设计：四川悟阅文化传播有限公司
出版发行：吉林文史出版社有限责任公司
地　　址：长春市净月区福祉大路 5788 号　　邮编：130118
电　　话：0431-81629363（总编室）　　0431-81629372（发行科）
网　　址：www.jlws.com.cn
印　　刷：三河市嵩川印刷有限公司
经　　销：全国新华书店
开　　本：210mm×145mm　1/32
印　　张：8.5
字　　数：147 千字
版　　次：2020 年 8 月第 1 版　2022 年 2 月第 2 次印刷
定　　价：49.80 元
书　　号：ISBN 978-7-5472-7016-5

印装错误可与印刷厂联系退换。

目 录

CONTENTS

不要告诉任何人：你从何处来，要到何处去

灵魂无法修补，未来却能从眼前开始努力

有些人，
此后余生都无须记得曾经遇见过

只是遇见过

在河内的街上散步的时候，有一种幸福的感受，不因为别的，就单单看着映子在风中飘动的长发，也是特别美好的。越南于我的亲切，都是因了映子的温柔。在我去越南之前，这一片热带的土地在我的印象里是遍布着贫穷、蛮荒、喧哗与仇恨的。到达河内已是傍晚时分，这座古老的城市正在逐渐进入冬天的宁静世界。是的，这个时候中国的北方早已开始风雪飘飞。但是这里的冬天却是清矍而温暖的，晚风中伴着丝丝凉意，雨水刚刚洗刷了大地，河流丰满而安详。对河内的了解最初来自唐朝诗人的描述，那时作为中国边陲的一座遥远的郡城，它的名字叫"交趾"。我不知道这个名字的由来，莫非中世纪这里的人们都是交趾的吗？当我将这个典故与猜想说给映子的时候，她笑得合不拢嘴。映子笑的时候真是美丽，她爱放声大笑，悦耳的笑声就像意大利的咏叹调一样。

夜晚的河内是宁静的，它并不像那些繁华的大都市，有着灯红酒绿的迷醉和诱惑，它只有宁静，灯火昏黄间是缓步而行的路人以及在街边乘凉闲聊的人们，还有堆满了新鲜水果的小摊。这里几乎看不到你想象中的大型商场，那些商场里虽没有多少货物，倒也是灯光明亮。这是一个潮湿的夜晚，白天刚刚下过一场雨，我看见一位头上戴着斗笠的乡下女人担着满满的白荷花，从雨中匆匆而过。那女人是美丽的，风扬起她素白的裙角，我可以想见她在一条漂满了荷花的河流上划着小木船，在清晨的雨露中采集着含苞欲放的白荷花的样子，犹如"蒹葭苍苍，白露为霜。所谓伊人，在水一方"。这首古老而素朴的歌谣是多么纯洁而完美。白昼的河内是市声喧哗的，灰蒙蒙的天空下是滚滚如流的人群和飞扬的尘埃，是战争、革命和贫困所留下的伤痕，是欲望与梦想所交织的伤痛。只有在还剑湖畔，还能够看见越南昔日的美丽与安详。

还剑湖里埋着的是一把英雄的宝剑。据说在遥远的世纪，越南曾经陷入一片混乱，群雄并起，战争与劫掠给人民带来无穷的苦难。这时湖里出现了一只千年的乌龟，它的背上托着一把宝剑，交于一位英雄。他用这把宝剑带领他的人民战胜了敌人，成为国王，为这一片土地带来了繁荣与幸福。当他再次来到湖畔的时候，宝剑忽然失手掉进了水里。国王非常珍惜这把宝剑，就命人抽干湖里的水，希望重拾宝剑，可是人们找遍了湖底，也没有发现宝剑的踪迹。映子对这个故事里的英雄并不在意，她所关心的是，那把剑真的就这样消失了？她感到不可思议。如果能够找回它，那是多么快乐的事。我告诉她，就因为有了那样的遗憾，才会有这样千年不曾磨灭的牵挂。她睁大了眼睛看着我，说，这样的牵挂太折磨人了。"可是，"她又说，"还有比这样的牵挂更动人的吗？"

我不知道。我只知道在河内通往南方的都市西贡的路上，曾经有一个古老的昔日帝国的首都顺化。那里的宫殿早已毁于战火，在经过多次的血腥杀戮和劫掠之后，在那一片废墟上只留下空荡荡的孤独与无穷尽的寂寥。

映子是出生在中国北方的姑娘，白皙的肌肤真的就像冰雪一样高贵与典雅。而在越南，是蕴积着热带炽热阳光的棕色皮肤，有着隐忍、倔强与勤劳、素朴的美丽，而使我想起昔日帝国的首都顺化那倾圮的紫禁城了。所有的辉煌都已经成为历史，这个倔强的民族自从公元 10 世纪独立后，以不屈不挠的战斗精神而在南中国海崛起，他们甚至三次阻挡了元征服了大半个世界的铁蹄。这就是越南吗？太多的苦难和战乱使这片土地上的人民变得更加坚强和隐忍了，只有在所有的威胁与恐吓不再笼罩着他们的天空以后，当人类终于实现和平的时候，他们才会将那把剑还给湖里的神龟。

河内本应是一座优雅的城市，它坐落在一条清凌凌小河的两岸。可是，这沿路所见，却并不是我所期待的样子。在这个狭长的国度，有着肥沃的田野和丰满的河流以及茂密的森林。在河内这样一座古老的城市，至少应该还有值得人们怀想过去美好的地方。但沿街是低矮的居民楼，灰蒙蒙的墙壁上只能看到他们的坚忍与朴素，是的，没有任何惊喜，除了映子充满了好奇的美丽眼眸。

认识映子是在那艘被称为"公主号"的巴拿马邮轮上。当这艘巨大的邮轮驶离海口的码头时，映子孤独地站在甲板上眺望着遥远的海面。就在我们擦肩而过的时候，她甚至都没有看我一眼，而我却发现了她的眼里充满了忧伤与焦虑。那一天的海上阳光明媚，12月的南海是温暖而可爱的。我不知道为什么总要选择在这样的季节出海，这个时候的中国北方正沉浸在寒冬的风雪中静候春天的降临，而南海依旧在灿烂的春光中快乐着，每一个波浪好像都含着内心喜悦的笑容。我有过的几次海上航行经验几乎都在12月，又都是在温和的南方，这是一种巧合吗？对我来说是的。

海风使映子的长发柔曼地飘拂着，在这辽阔的大海上，只有映子像一朵莲花一样绽放在阳光的照耀下。当邮轮驶离海岸线后，就再也没有任何人世的悬念了，喧嚣的城市、功利的纠纷、痛苦的往事和面前的困难，而只有大海，一切的荣耀与耻辱、希望或绝望，都归于浩瀚的大海。但那些埋在心底的欲念与渴望，却依旧在海风中滋生着，生命何曾有过脱离灵魂的机会？

"是什么困扰着你，叫你这样忧伤？"我说。

我说这话的时候面对着茫茫大海，似乎在向着我面前的大海发问，我并不关心那站在我身旁的映子，是的，我们互不认识，我们是茫茫人海里两个永不可能相聚的人，一个是生活在中国北方的美丽姑娘，而另一个却是出生在江南的 30 岁的男人。我们相距有 1000 多公里，而其间是无数连绵的高山、奔涌的河川。可是现在，我们却在这样一艘邮轮上相处着，在万里外的茫茫大海之上。"公主号"孤寂地游弋在平静的波浪上面，这使我想起俄耳甫斯的竖琴，这位传说中的古希腊诗人的歌声能叫地狱的冥后动容，当他追随伊阿宋航行在海上的时候，他的歌声能够战胜一切困难险阻。我没有想到映子也有一副动人的歌喉，但那是我在认识她之后才发现的。而那一天，她只是有点冷漠地对我说："你哪里知道我的忧伤？"

我们就这样静静地站在甲板上，看风起云涌的天空，看波涛汹涌的大海。

寂寞的海上时间也如飞箭一样倏忽即逝，日落的霞光渐渐地消失在海平线上，海上像再也没有了生命的欢歌一样，只有这艘邮轮划开海面的涛击和浪花飞溅的声音，被海风吹得很远很远。在晚餐的时候，我们又见面了，这一次，我们就像老朋友一样亲切了，我能够感觉到她的眼里含着友爱的情谊，我们甚至可以在沉默无语中彼此感觉到对方的心跳，为什么不呢？我勇敢地坐到她的对面，我们什么也没有说，但只这样默默地坐在一起，这就足够了。

"今晚，我能邀请你去酒吧喝一杯吗？"我问。

"可以啊，"她欣然地说道，"今晚，那里有歌舞表演。"

夜晚的海上月光迷离，夜晚的酒吧人影飘忽，"公主号"骄傲地昂着头在空旷的大海上发出一声声长啸。我们在酒吧的一个相对安静的角落里坐下。舞台上，一个穿着黑色紧身胸衣的女子在投入地舞蹈着，歌声充满了魅惑，但是一切都与我们无关。

"想喝什么？"我问。

"来一杯红葡萄酒吧，你呢？"

"和你一样。"

　　于是我们就一杯接一杯地喝了下来，我也不知道为什么今晚这样能喝，这鲜红的葡萄酒，居然唤醒了我内在的力量，我希望自己很快就醉了，可是没有。看得出来映子似乎也希望自己一醉方休的，她的脸渐渐地有了酒的颜色，她的眼角有了更加温柔的光芒，她的嘴微笑的时候变得更加俏皮了，而且更加有了几分倔强的意志。

　　"你知道？我为什么要去越南？"她说。

　　"为什么？"

　　"因为我要结婚了。"

　　"嫁给越南人？"

　　"不是的，"她呵呵地笑起来，"他在天津。"

　　"那为什么？"

　　"我也讲不清楚，反正我不想嫁给他，我根本就不爱他。可是他对我很好，真的很好，百依百顺地体贴，但不管他怎么做都没有用，我没有爱的感觉。你说我该怎么办呢？"我想这会儿她的自言自语根本不需要我的回答，我最好当一个忠实的聆听者。我看着她，她的脸这时就像一朵含羞的桃花一样美丽动人。她继续说着："他向我不止一次地求婚，我不能断然地拒绝他，那样太伤他的心了，我对他说，让我想一想。于是我就决定去越南旅行。"

"那么，现在你做出决定了吗？"

"是的，等我回去的时候，我决定嫁给他。我已经不小了，没有人对我这么好过。"

"可是你说过，你并不爱他。"

"是的，可是现实就是现实，我还能等到什么时候呢？爱情对我来说是多么遥远，那是美丽而缥缈的东西，我从来不曾得到过。也许他是爱我的，可爱情究竟是怎样的呢？"

"我不知道。"我说。

"那么，哪里才能找到真正的爱情呢？"她问，眼里闪烁着渴望的光芒，还有一点儿女人的恶作剧。

"到西贡去吧，那个拥挤、潮湿而又华美的充满了梦幻的南方的城市。"

"那里有吗？"

"也许吧，"我微笑着说，"那里经过革命，现在叫胡志明市。有许多爱情的童话曾经发生在那里，你看过越南的电影吗？黑暗的小巷、蓝色的海滩、星级饭店、喧嚣的大街、卖杂货的盒子、连绵的雨、荷花……"

"你不可以这样骗我。"她表示抗议。我们都不由得哈哈大笑起来。这时我发现她灿烂的笑声是那样悦耳、那样淳美而动人。

"我叫映子，你叫什么？"

"啊，我叫宰以。"

"古怪的姓氏。"

"我有什么办法。"

"我想上甲板看看。"

"外面漆黑一片的，夜晚的海上什么也看不到。"

"那就看星星也好。"

"上面有很大的风。"

"那样多好。"

"好吧，我们一起。"

夜晚的海上，风真的很大，星星闪耀在浪花之间，像幽灵狡黠的眼睛。我们都有了几分醉意，看着白色的浪花拍击着船舷，偶尔，船在波浪之间轻轻摇晃了一下，杯里的红酒洒了一地，映子几乎不能站稳，我抱住了她，风里我们都感到了一丝寒冷，映子就钻到了我的怀里，那样柔软而温存，风叫她美丽的长发扬起，发间的她香韵缥缈而亲切无比。我发现我已经爱上了她，这样的爱莫名而来势汹涌，我几乎已经不能控制自己的感情，它随时都会像火山一样喷发出来了。或许，我们都忘记了时光、忘记了大海，忘记了现在我们身在何处，"公主号"邮轮就像记忆中巴黎的卢森堡花园，金色的秋天里缤纷的落叶和玫瑰的气息弥漫了整个世界，微笑女王的大理石雕塑仿佛焕发了生机一般注视着我们——那是两个沉浸在热烈爱情中的男女，他们的喘息叫时空静止。

忽然，映子的一只耳环掉了下来，就像一颗流星划过天空，从我们的眼前飞过，飘进了波涛翻涌的大海。"你的耳环。"我说。

"让过去的一切都沉入大海吧，我不在乎了。"映子叹息一般地说道。

"我很喜欢你，不知道为什么。我想我是爱上你了，我已经无法控制自己的感情，这不是凭空的想象，是真实的。"

"真的吗？你不骗我？"映子的眼中满含着柔情。

"是的，要我发誓吗？"

"不要！"映子慌忙地捂住我的嘴，"我不要你的誓言。你的爱对我来说已经足够了，我不能奢望太多。"

"你呢？你是几时喜欢上我的？"

"上船的时候。那时你排队在我身后，你说话的声音是那样温和而深沉。你看，我拖着那样沉重的行李箱，我真的希望你能帮帮我，可是，你竟然那样无动于衷，那样傲慢残忍，你竟然根本就不理睬我，我曾暗自发誓，我不会和你这样的男人说一句话。"

"可你还是和我说话了。"

"你真讨厌，晚饭的时候，我看见你过来了，我的心一直在飞快地跳，我也不知道这究竟是怎么了，我真希望你和我说话，说话吧，如果你不和我说话，我会气死的，因为我不会首先和你说话的，我发过誓。"

船在下龙湾停了一天。下龙湾的美丽是带着一点儿大自然的神秘力量的。巨大的石礁一座座突兀在茫茫大海之上，就像天庭撒落的蛋糕，上面还镌刻着庆贺生日的哪位神的名字，在雾气的笼罩中隐约着，你仿佛还能听到海上妖女的歌声从遥远的那一边飘来，随着微风在弥漫的雾气中回荡。那一夜，我住在下龙湾的海滨饭店，我和映子快乐地奔跑在金色的沙滩上，海水亲吻着我们赤裸的双脚，我仿佛听到了下龙湾的精灵们嘲弄的问候："先生，你要睡在这金色的沙滩上吗？"是的，当夜幕降临的时候，那些海里的妖怪与地下的精灵就要都出来了，还有精灵、女巫师、不说话的蒙面人，它们以奇妙的舞姿在沙滩上留下它们的脚印，它们围绕着我们，它们嫉妒着我们，但它们又是那么善良，它们拥抱着我们、亲吻我们，我们的爱情成了它们庆祝的节日，我们的爱情为它们带来了欢乐。月亮就要升起来了，下龙湾就像一座传说中的城市。

　　"有一天，你会忘了我吗？"

　　忽然，四周一片宁静，我听见了映子充满了期待与哀怨的声音，从遥远的夜幕背后传来，我吃了一惊："不，"我坚决地说，"永远不。"

　　映子笑了，轻轻地："我们就像两颗流星，在这遥远的地方相逢。明天我们就要各奔东西了，我们将在一瞬间就消失在茫茫人海里。我决定了，当我回去的时候，就与他结婚，我没有选择，但我不再遗憾，因为有你。"

　　"不，我去找你。"我感到我的心在绞痛，我感到了幻灭。

　　"别，忘了我吧。"她说。

　　我抱住了她，我们一起向着码头走去，映子跟着我走，我们上了渡轮，偷偷地向着对岸的鸿基市而去，我们的身上没有任何证件，行李放在旅馆里。我说，我们私奔吧，逃离人世的纷扰，在这个谁也不认识的国度建立我们爱情的家园。"好。"映子说。在这座陌生的城市，我们毫无目的地走着，我们登上一处高地，在山巅上有一座天主教堂。天忽然下起雨来，我们无处躲避。站在山巅鸟瞰下龙湾，神奇的礁石在远处的海上漂浮着，在大雾里，在摇曳的树叶间，我看到了圣母的脸上浮现出温柔而怜悯的微笑，她正举着雪白的蜡烛，用那红色的烛光照亮我前行的道路。我听到她说："走吧，我们回去。"

　　从河内回来的时候，经过海防市，这是一个新的城市，市中心有法国式建筑的大剧院，金黄的色调在阳光下显得华贵而雍容。大剧院边的广场上矗立着一座古代将军的雕像。事实上，这座城市有着悠久的历史，那里有一座建于1672年的福林寺，是一位从中国取经回来的高僧兴建的，全部红木结构，院中还有十八罗汉塑像立于池塘边上，形象惟妙惟肖。映子是虔诚的佛教徒，在那昏暗的大殿里向着仁慈的菩萨膜拜，闭上眼睛像在祈求着她内心深处的愿望。出来的时候，她睁大了眼睛看我，说："我看见你在走来走去。"

　　"是的，那又怎么了？"

　　"你没有信仰？"

　　"是的，我是无神论者。"

　　"这不好，你的心中没有敬畏。每个人都应该有一个信仰。"她轻轻地说。

　　"明天，我们就要告别了。"她说，我想我们都知道所有的快乐都是短暂的，而快乐之外的一切却是永远的。所以我们才会对快乐那么珍惜。那一夜我们一直在说着话，有说不完的话，我们描述着各自的童年、各自的生活、各自的经历，甚至开始描绘我们相处的美好未来，尽管我们都知道我们没有这样的未来。说着说着，她就跑出了门外，独自站在阳台上落泪，颤抖着瘦削的肩膀。泪水充满了她的眼眶，她埋怨似的说："为什么让我遇见了你呢，我不要这样。"

到了各自回去的时候了。在机场，我们手牵着手，谁也不愿放开谁，映子在我的耳边轻轻地说："真的，我从来没有这样爱过一个人。"我看着她，轻轻地亲吻她的额头，算是遇见过一个她，我真的不愿意走，但现实与愿望却总是距离遥远，遥不可及。我们坐的是两个不同的航班，一个飞往江南，一个飞往更加遥远的北方。我回头向我的姑娘挥手，朝着就要起飞的航班走去。就在我要登上飞机的时候，忽然一个服务员向我奔跑过来，她着急地说："先生，先生，请等一等，你是宰以先生吗？"

"是的。"我说。

"候机厅里有一位小姐说，她的身份证被你带走了。"

"啊。"我吃了一惊，赶紧跟着小姐跑回去，远远地就看见映子站在门口，我气喘吁吁地说，"我没有带走你的身份证呀。"

"我骗他们的，这样我就可以再看你一眼。"她带着顽皮的笑，笑里藏着深深的伤感，"以后我们都不要记得我们遇见过。"她说。

　　飞机起飞的时候，我终于忍不住我的悲伤。我想起了一个苏丹的故事：早晨，他失去了爱情；晚上，他失去了青春。那一瞬间，他老了一百年。

空屋子

　　呼吸的声音竟可以由远而近地听，一声慢，一声急。呼吸就像铁匠的风箱，在夜里把火烧得很旺很旺。孟祥云独自坐在灯下，望着窗外的雨。孟祥云不知道白天的事，他是如何把它们忘得一干二净的。

　　"你不知道的。"他说着便从口袋里拿出眼镜戴上，如此就清晰地看见窗玻璃上有一只苍蝇。他伸手在它面前挥了挥，苍蝇却一动不动，孟祥云的脸上便浮出了笑，说："你瞎了眼吗？"

　　"谁瞎眼啦？"苍蝇说着，便飞起来，绕着屋子嗡嗡地响。孟祥云惊奇地发现苍蝇居然真的能跟他对话。他猛地站起来，走到门边，从门缝向外望，外面漆黑一片。

于是他回头说："我不可能跟你潇洒地爱一回。"孟祥云用手把案上的书推到一边，趴在桌上，便想睡。

孟祥云住的这间河边的老屋子，是一间百年老屋，低矮的屋瓦下面，是三间平房，木柱子在石臼上看起来很牢固的样子，实际上摇摇欲坠。门缝开裂，板壁上都糊了陈年的报纸。

孟祥云知道自己，最缺乏的就是数学头脑，从他上学那天起直到高中毕业，他的数学成绩一直就是零蛋。没能考上大学是他一生的遗憾。但他终究是个热爱读书的人。

他满怀着那种沉重的失落的苦闷，在有雨的天气里撑着一把花伞，漫步在街上，就像没头的苍蝇在窗玻璃上乱撞，油光的皮鞋让污水溅得像京剧的大花脸，但他不在乎。色眯眯的路人总以为花伞下的人一定是个妙龄女郎，从他身边走过时一定要回头看，孟祥云就咧开一张大嘴，丑得叫他们回家见到老婆仍想吐。孟祥云这样想象着，就觉得很开心。

风刮得很大，孟祥云站住，想看看风是从哪一个方向吹来，他想印证一下书上的话：当东南风刮起来时，天要下雨。天要下雨，娘不就要嫁人了吗？娘没嫁人，嫂子却嫁给了大哥，这是天经地义的事。

"啪！"像生气的老板娘一巴掌打在打工妹的左脸上，像玻璃杯被狂怒的弃妇狠狠地扔在墙上，墙上就现出一张花脸，说不清是玫瑰还是牡丹——孟祥云没有被这摔在地上的一大块碎玻璃吓到，他看到的是一件飘飞的长裙在他的伞下飞舞。

的确，风刮得很大，那是一位很美丽的少女，她的长裙在风中发出猎猎的声响，就像一面旗帜。

风很大，少女向楼上喊："妈，快关上窗户，窗玻璃掉下来了。"

孟祥云站在路当中，他想知道自己现在是个什么样子。少女很惊奇地看着他，说："先生，有事吗？"

孟祥云从地上拎起一枝花，说："给你。"

"一片枯叶，给我做甚？"少女轻蔑地瞟了一眼，想，莫非是个神经病？

这时，教堂的钟声很轻快地飘出来，孟祥云把枯叶扔向天空，可枯叶却很轻快地向地上飘落下来。孟祥云看见了教堂尖顶，他想，为什么那山上的护国寺就没有这样的尖顶？教堂的对面，是一幢很旧的楼房，一字排开，所有的窗户里都亮着灯。他打着伞，就踱进去。

"喂，站住，干什么的？"

孟祥云回头，看见门卫老伯在叫他，老伯说："干什么的？"

"报名在这里吗？"孟祥云问。

"哦，来报名，往右边走，在二楼东边最里面那个房间。"老伯用手指托了一下老花眼镜，手里晃着一张旧报纸，继续抠他的字眼儿。

孟祥云拿过报名单，看也不看就填起来，姓名、民族、籍贯、年龄、地址。

"下个礼拜来考试。"

"考什么？"

"你不知道？不知道不会看吗？"

孟祥云就盯着办公桌后面的那个女人看，女人的脸很黑，皮肤粗糙，身材肥胖。女人发觉他在盯着自己看，居然红了脸，说，考语文和历史。

孟祥云就这样上了大学，是鹿城电视夜大。这是一所业余大学。他读的是中文专业。

"教授，谁是波德莱尔？"上课的时候，孟祥云飞快地戴上眼镜，大声地问，所有的同学都齐刷刷地看着他。教授拿起课本，说："请同学们翻开《欧洲文学史》第……唉，你不想毕业吗？"

"我知道。"孟祥云说着，像泄了气的轮胎，于是便垂下了头。他想，当初传教士来中土布道时，天朝的子民一定都像他现在的样子，传教士的洋文让他们莫名其妙，而十字架上的人却能使他们掉泪。他们垂着头，他也垂着头，像刚被施洗礼的厚嘴唇的黑人。我不是黑人，其实我根本不用来上什么课，书上写的，我都知道，莎士比亚、哈姆莱特、契诃夫、戈尔巴乔夫……

"汝耳自聪，目自明，事父自能孝，事兄自能弟。本无欠阙，不必他求。"

这样的夜晚，不费吹灰之力就可以安度。

孟祥云上班的时候，天气晴朗，水库里的水碧清碧清。他把明细账记得清晰明了，数字就像可爱的蝌蚪。他最爱听的就是爱尔兰女歌星奥康妮的歌声，那声音很有磁性，黏着他空空的脑袋。我不用唱歌，就能像唱歌一样。其实我不必上班，一个月的账我都已写得明明白白，但我不会因此而被提升。主任没退休，我如何能成为众目所瞩的领导？孟祥云的想法很多。

他用力地打着算盘，可惜没有任何结果，他的头脑里只有"利润"两个字，可是这利润跟他却毫无干系。

虽然过去他的数学成绩一直名列全校倒数第一，但他的算盘却能够不饶人地让数学老师也吃一惊。他当会计的时候，他仍感到数学的谜只有他能解开，可惜在考卷上他总出错。

主任拿了一捆资料放在他的桌上，说，下礼拜到局里去考试，全市会计统考，不及格就别想再吃这碗饭。

孟祥云很开心地笑起来，考试，谁能比得上我。

日落西山的时候，孟祥云匆匆地吃过晚饭，想，今晚不去上电大了，教室里莫不是乌合之众，与他们坐在一起岂不有失他的身份。他挺挺胸脯，摸摸白衬衫的硬领，在上面打了一条漂亮的领带。他用梳子很细心地梳着每根头发，然后用手掌把它们轻轻地按下来，一个很漂亮的发型立刻显现了出来。他在上面喷了一些定型水，那细沫的液体在空气中形成了一股很浓的香味。他又嗅了嗅手掌心，然后在裤腿上擦了擦，用鼻子哼着南腔北调的歌，轻轻带上门，走了。

街上灯红酒绿，霓虹灯一闪一闪的，比天上的星星美多了。难怪书上说仙女都要下凡，恶魔也要来人间掠夺财富，有钱能使鬼推磨，这话一点儿也不假。夜晚的街上，女人特别漂亮，每每与她们擦肩而过时，那一阵阵馨香都让他回味良久。他戴上眼镜，就能清晰地看见每一张涂着艳艳口红的漂亮的脸，他感到有一种难言的陶醉。

孟祥云有一副好身材，他的舞跳得很有风度，所有和他跳过舞的女人大约都有深刻的记忆，这是他最值得骄傲的地方。

他是舞厅的常客，不知不觉地就会踱到舞厅的门口。可是今天，他没有钱，夜总会的消费远远超过他一天的收入。他就站在门口等，或许会有朋友意外与他相遇，那么他就可以沾朋友的光而不必为今晚的身无分文发愁。

与一个女人搭着肩膀款款而舞，那已是数周前的事了。这个女人有得是钱，却像丢了魂。这个女人很美丽，有一双精明的眼睛。这个女人有一种魅力，使每一位接近她的男人都想和她共舞一曲。但孟祥云无论如何都是正派的男人，只是收入偏低而已。当这个女人被他带着转了几圈之后，就很佩服他的舞姿。他的舞姿是那么优雅，而举止更是一个读书人的模样，话语温柔亲切。她就想，这是一个很好的猎物，因为这种男人最懂得体贴，而且需要女人和金钱。

当女人再次与他在舞厅相遇时，就好像老朋友。女人挽着他在桌边就座，要了两杯咖啡。书上说咖啡能增加人的性欲，孟祥云望着浓浓的咖啡和浓浓的女人就想，不知道这话是否真实。他慢慢地品尝着咖啡，却没有说话。对于女人来说，恨不相逢未嫁时，这句话最让她伤心。

"你是不是很苦恼？为什么总独自来跳舞？"孟祥云问。

"那么你呢？别的男人总是成群结队地来，而你却像独行侠。"

"是吗？"孟祥云感到从未有过的自豪。"独行侠"，多么有英雄豪气的一个词，被用在自己身上，即使他此刻手无缚鸡之力，也要为了这个赞赏而拼上一条老命。但文明的社会却不需要他这么做，在舞厅的周围，荷枪实弹的便衣警察此刻一定在虎视眈眈地看着他们。但是，我是独行侠。

女人说："今晚，你送我回家好吗？"

孟祥云微微一笑，不管是作为绅士还是侠客，在这样的夜晚送一位女士回家，尤其是这样美丽的女人，那是义不容辞的事情。

但是，不可以。

他害怕因此而招惹是非，他不是一个能言善辩的人，他不是独行侠。

他说："如果你丈夫在家，恐怕会让你吃亏。"

女人于是很灿烂地笑起来。在昏暗的灯下，女人的脸更像那个开放的去处，在向他召唤。但旋即，他发现桃花被风吹落的无奈样子。但不知道世间事的变化为何总在意料之中与意料之外的边缘来回徘徊而无常呢？女人低低地说，你其实不知道，我的丈夫不是男人。

孟祥云的吃惊，就像女人在街上忽然被男人公然摸了屁股一样，只觉得天昏地暗而不知所措。

女人说，我丈夫不是人。有一次去招惹女人，结果遭人算计，揍成熊猫样回家，让我难以忍受。

有如此丈夫，我不是自寻烦恼吗？孟祥云想。

我的丈夫今夜不在家，他的小情人把他勾引去了，现在说不定他就在那个小妖精的被窝里寻欢作乐呢！

女人说着，好像泪水已哭干的样子，她越发像一只撒谎的猫，委屈地依偎在孟祥云的肩膀上。

卡朋特在唱《*Yesterday Once More*》，深情的旋律和激扬的节奏让人无不感到心醉神迷。送她回家的路上，孟祥云没有说一句话，而女人的心跳却由于兴奋而加速。夜深了，一切都显得那么寂静，女人的脸绯红发烫，女人的渴望是一个三千年做不完的梦。女人说，你不上楼喝点什么吗？女人说，我需要一个人和我说话，这漫长的夜啊，多么难熬。女人抬头望一眼天空，这一眼包含了女人的一切。但孟祥云让她失望了，孟祥云带给她的不是她所需要的体贴，而是无言的拒绝。孟祥云的心里很明白。由于这种透彻的认识，倒使他没有了诗意，女人就好像哲人纸上的数学题，越算就越有味儿，但算完了也就完了，舒一口气，有一种成功的喜悦外，就再没兴趣重新演算它。多么没有诗意，没有情感的投注，没有无穷的回味。

我要回家。孟祥云说，说着说着孟祥云就回了家，夜的小河寂静得如同月亮，寒光一闪一闪一波一波地动，天井里的大榕树就像失去了老资格的老人，退休的时候才知道如何修身养性。

孟祥云的身上的确没有多少钱，离月底发工资的时间还很远，而离月初发工资的时间也已很远。孟祥云孤独地站在夜总会的门口，舞厅里的音乐就像仲夏的热风一阵一阵地扑过来。孟祥云看天上的月亮，月亮钻进了云里。没有朋友意外地相遇，为他请客，孟祥云沮丧地想，今夜一定没戏。

"孟先生。"忽然有人很柔和地唤他，孟祥云猛然感到人世间的奇迹真是无所不在。

歌女郑红却没有一张如花似玉的脸。她有一副美妙的歌喉，但如果没有一张如花似玉的脸，她是难以敌得过那么些密集在夜总会的女人的。她们唱的歌，比她叫座，她得拉上一批有钱人能够点她的歌，为她消费，而她总得有所付出，否则，有谁会愿意白白地浪费金钱和青春呢？付出什么？女人所能付出的，只有爱情，还有肉体。

但是她每次遇见孟祥云，都有种说不出的羞怯。"孟先生要来夜总会怎不跟我说一声呢？"郑红说着，便带着他轻而易举地进去了。郑红不必为他请客,因为只要有人请她,孟祥云就可以沾光,但夜晚的事,当然轮不到他。

这对于他来说已足够,夜晚的事,在他的想象中当然是极美好不过的,但他知道她的营生,而他付不起那笔费用,所以郑红并不需要他。

但他们终究是朋友。他们当初在夜总会相识的时候,郑红并不想成为他的朋友,她只是想要多一位捧场的客人,而孟祥云却不是她所希望的那种人,他只是很优雅地听她讲,很优雅地听她唱,很优雅地和她下舞池,却从不为她点歌,更不和她上床。但他的善良是上帝装在他脑袋里唯一的一件质量优良的零件,而不是低价进口的伪劣产品,因此在他还没有成为上帝的选民之前,他还能让这一零件发挥一点点儿作用。

"何必呢,人生的选择是自由的,从没有人强迫你做这个。"孟祥云说。

"我们应该活得有意义、有价值,你有那么好的天赋,以你的聪明才智,你完全可以成为歌唱家,而不是像现在这样。"孟祥云说。

对于孟祥云这些不停的唠叨,郑红虽不耐烦,却又爱听。如果是父母跟她这么说,也许她会一赌气就离家出走,随便躺在一个无论怎么丑陋家伙的金屋里,任他趴在自己的身上胡作非为。但对于孟祥云说的这些一样的话，她却爱听。

要成为歌唱家，谈何容易，孟祥云知道，郑红也知道，躲在门缝里看人，无论里外都是让人羡慕的。

孟祥云独身在河边那间破败的屋里，孤独的苦闷像影子一样拉得很长。

"天下何思何虑？则天下之有无非思虑所能起灭，妄者犹惑焉。理，无心外之理；物，无心外之物。"孟祥云在梦里不知所云地读着。孟祥云的藏书是他的骄傲，每有朋辈光临，藏书是他吹牛的最佳资本。但有几本书他从头至尾地读过？他自己也不知道。他浪费在购书里的金钱足可以买好几个郑红的。他常后悔，书一旦买来，再卖出就只有废纸的价，但他爱惜书就像爱惜脚指头一样，这是他的原则，被他奉为至高无上的教条。他把书摆放得很有艺术品位，每一本书都像新买的一样。他在每一本书的扉页上写着：书与老婆一律不借。为此他很有些扬扬自得，尽管他没有老婆。

"咚咚！"一阵很轻的叩门声，惊醒了迷迷糊糊的孟祥云，他抬眼望了望窗户，那只可恶的苍蝇仍坚持不懈地站在窗玻璃上，像在嘲笑他的无能。

"谁在敲门呢？"他说。

"没有人，是你在做梦啊。"苍蝇说。

"可恶！"于是他拿起一本书朝它拍去，苍蝇立即嗡嗡地飞起来。

"别跑啊，你这浑蛋！"孟祥云轻蔑地盯着它飞的方向。

"孟先生你在家吗？"门外有人在叫他。

孟祥云这回听得真切，放下手中的书，想，今夜有谁要光临呢？那么动听的呼唤，仿佛那么遥远。啊，红袖添香夜读书，那是再美好不过的事。

孟祥云从门缝里望出去，只见得一个女人的影子在晃动。孟先生打开门，站在门槛上，说："请进。"

今夜的郑红仿佛千年的淑女，打扮得如此艳丽而又清雅，像门外护城河上的荷花，这样的夏夜，阵阵清香弥漫了没有时针的房间，孟祥云的快乐就像天下掉下一位小个女给他一样。

郑红看看他的书桌，不由得赞叹："这么晚了，还这样用功啊。"郑红从他的书架上取下好几本红彤彤的证书，上面写着什么经济管理专科、新闻专科等函授毕业证明。孟祥云从上面又拿下一本，说："我还是助理会计师呢！"

身在红尘的女人大约是很喜爱躺在书上睡觉的男人的，至少，他们不会像那些躺在银票上睡觉的男人那样粗鲁，不懂得爱与温柔。尽管书和银票都一样是纸做的。

爱是浪漫的，而哪一个女人不需要浪漫的空间呢？郑红觉得，现在是她付出爱情的时候了。就像柳如是遇见了钱谦益一样，原来孟祥云是她可托付终身的男人，而且要比钱谦益年轻。

郑红说："我渴了。"

"你想喝什么饮料？"

"可口可乐。"

孟祥云的冰箱里没有可口可乐，郑红打开看过的。孟祥云就只有出去到对面街上买两罐回来。他一边拿着冰冷的可乐一边慢慢地走。

当孟祥云小心翼翼地端着杯子用脚轻轻推开虚掩的门时，他才发现他的小心翼翼是那么多余，喝饮料，也许是以后的事了。

郑红正侧身躺在他的床上，一丝不挂的女人据说最美，他惊讶地看着她，只感到冷气在他的心里钻进钻出。郑红是孤注一掷了，她没有其他的方式可以表达那激动的爱情，此情此景，她需要的是一个男人真正的温柔和全部的情感。可是，这对于孟祥云来说，他曾经在想象中重复了无数次偷窥的窃喜，此刻就像碎了一地的玻璃，忽然变得不可收拾。

孟祥云说："你该不会着凉了吧？"

孟祥云说："你不能这样的。"

　　孟祥云说……孟祥云张着嘴，但还是为她拿过衣服来，说："穿上吧，我不看你。"

　　孟祥云掉过头去，说："我可以送你回家。"

　　孟祥云没发觉郑红抬头望了一眼他，这一眼也包含了女人的一切。

　　"我可以送你回家。"孟祥云第一次说得有点像独行侠。

　　从门缝里看外面，是一种快乐，从门缝外看里面，也是一种快乐，但门一打开，就没什么可看的了。那是一间空屋子。

　　坐怀不乱，那是古人的事，但孟祥云做到了，当朋辈像苍蝇似的嘲笑他时，他就像书架上的书一样，一副淡然的样子，说："其实，你真不知道。"

金银花

10 岁，金银花就跟着父亲出教了，她带的第一个徒弟仁安也只有 10 岁。

出教，是温州南拳里的行话，也就是表示出来当教练的意思。但是，这碗饭不好吃。那不是现代意义的教练，而是出来摆拳坛，当师父，以拳谋生，那是艰而险。

那时出教有很多讲究。一般都是一个村子请一个师父来传授武功，钱是大伙凑的，学期讲好，日子挑好，村里人摆下酒席。师父来，大鱼大肉伺候，老酒米烧端上来。酒量好的师父可以尽情喝，酒量不好就得自己扣着点分量。因为酒后，师父都要露几手功夫，表演一下拳脚。若是请来的师父足够厉害，就没人来挑战。但酒席之外，总有一些不服气的人站在暗处，若是觉得这外来的师父也不过尔尔，就会也来到明堂之中，展开拳脚表演一番，这时，请来的师父若不应战，便是认输，就得卷起铺盖走人，酒可以白吃，学费是拿不走了。若是应战，就是真功夫啦，气力、速度、技巧，出手必狠，但凶险之中还不能太伤人，否则就会有仇恨。

金银花的父亲就是吃这碗饭的，他也算是远近闻名的师父了，力气大，能一只手臂夹住三四百斤的石臼，绕着打谷场走一圈。他带着 10 岁的女儿走江湖，金银花也算是历尽沧桑了。10 岁的仁安看不上这个长得比他还小的女孩，觉得叫她师父简直是一种羞辱，他认的是金银花的父亲为师父。所以，当金银花上场的时候，仁安就第一个不服气。仁安向来调皮，力气也大，在家里跟着大人也学练过一点简单的套路动作。他扎了扎腰带，瞪着一双大眼，说是要与小师父讨教讨教。那神情惹得众人都笑。仁安上来就是一个熊抱，想着凭自己的力气把金银花抱起来往地上扔。可是金银花反应快，没等他抱紧，一拧腰，来个"铁门闩"，将仁安一把打倒在地，后背重重地摔在干干的泥地上，疼得他咧开嘴喘不过气来，好久才爬将起来，又是羞又是气，但心里终究还是佩服——不过他佩服的还是金银花的父亲，要不是他传的技法，金银花哪里有这本事能将他打倒？所以，从那天起，仁安就好好地跟着金银花练了。

除了练功，金银花是仁安的师父，别的事，就都得听仁安的了。白天他们在村口的树上摘杨梅，那杨梅个儿小，核也小，红而不酸，汁水甜润。杨梅都是直到重午前后才熟透，直接从树上摘下来吃，都不用洗。吃不完就拿回家泡杨梅酒，用老酒浸泡最好，到了下半年，尤其是过年时节喝，酒不醉人，那酒中的杨梅却最能醉人了，酒量好的，吃上十来个杨梅，也准会说起胡话来。人家都说茶山的杨梅好，茶山的杨梅也就丁岙的那一片，结的果子才有这滋味，而蒲鞋市双井头村口的杨梅树，与丁岙的有得一比。

摘杨梅的时候，仁安站在树下，用手托着金银花，把她推到最上面的枝头，那上面的杨梅最红。仁安只顾在下面使着劲，金银花回头看一眼他那憋红的脸和睁圆的乌溜溜的大眼睛，心里只想笑，这一笑不要紧，一只脚却在枝丫上打了滑，脚上的凉鞋就滑脱了，与她的身子一起直往下掉。仁安急忙用一只手奋力地托着金银花的腰，另一只手本能地伸出去接那凉鞋，两人一块儿都倒在了地上，还只顾傻笑着。金银花压在仁安的身上，却忽然有一股电流一般撞了心口，心剧烈地颤抖了一下，脸上红扑扑起来，感到了一阵害臊。这是少女害羞了，而仁安依旧懵懂无知，见金银花表情异样，关切地问：哪里摔痛了吗？还伸手去拍她身上的泥巴，拍得金银花一跳跳出几步远，嘴里说着：没事没事。心里照旧还是横着什么东西落不下，拼命跑回屋里去。仁安一个人呆立在树底下，不知自己刚刚做了什么，就让小师父生气了。

金银花的父亲在蒲鞋市也就教了半个春秋。蒲鞋市原是卖草鞋的集市，居住在那里的农民个个都有商业的头脑，却又身强体壮，人高马大，用蒲鞋市的话说，都是"头人"。他们为了请金银花的父亲来教拳，一村的人筹了500块钱，挨家挨户分摊。所以全村的男女老少都上场学点。晚上，就安排他父女俩住在村外的天妃宫里。

这天妃宫在小巷的深处，巷子里住着一些老人，房子都是用低矮的石墙圈起来的，开着小小的窗户，墙头用水泥冻着一排玻璃片，在灯影下闪着寒光。这些尖尖的玻璃碎片看起来是为了防备翻墙入室的小偷，但有没有效果，则另当别论，反正呢，这安静的小巷据说300年来都不曾有小偷光顾过，因为天妃娘娘护佑着这里的居民。

天妃宫的门上，照旧是画着两个门神，推门进来，先是一个天井，然后就是大殿了。大殿正中塑着天妃娘娘的全身像，却不是珠冠凤帔的宫廷贵妇模样，倒是清末民初的天蓝色斜襟长褂，里头露出一点月白的裤管，脚蹬黄色的绣花鞋，站在露出一角的夹板上，船舷下随便地绘着一些浪花。她的长发披挂着，额上是齐整的刘海儿，眼睛细长。塑像的两边还挂着长长的布幔，用钩子钩住，大约先前也是雪白的布幔吧，可是不用多久就布满了灰尘，于是也就看不出年月了。金银花从布幔边上走过，拿眼角瞥一瞥高高在上的天妃娘娘，总觉得她僵硬的脸上那细长的眼里有眼珠子在偷偷转动，这时她的后背就会有一阵沁凉的感觉，赶紧就逃到屋里去。

大殿的两边是两间厢房，东边的厢房已经塌了，里边堆积着一些杂物，畚斗、扫帚、蓑衣、锄头什么的。西边的厢房空着，村人在里头摆了一些废砖头，上面铺上一张门板，便是一张大床了。这也就是金银花父女的屋了。他们一住就是半年。入夜，小巷里尤其寂静，只听得风在屋檐头卷动，有时还有一阵的呜咽声。金银花父亲久历江湖，留下一个习惯，就是睡觉之前，总要在门后放置一些东西，比如搪瓷的面盆脚盂之类，垒得高高的。这可是防贼的好方法，贼人若是半夜入侵，不知屋里的底细，或推门碰倒这些坛坛罐罐，巨大的声响就成了原始的警报声了。

过了重阳节，村人就将筹的学费交给金银花的父亲。以前村人也请过别的师父。一般情况下，师父收了学费，都会摆一桌大席，除了10道鸡鸭鱼肉绵菜年糕，还有一个大猪头，所有的学生弟子都来喝酒，500块钱大约就要花掉一半，剩下的一半，也是隔三岔五地请徒弟们吃喝，等到学期结束，带回去的也所剩无几了。可是金银花父亲是节俭的人，他的钱要养家糊口呢，所以每一分钱都要带回去。他家里还有老母、妻子与两个儿子，都还在读书，只有金银花跟在身边。俗话说，女子无才便是德，女孩子无须读书，但既然她乐意练功夫，对女孩子来说，防身健身，倒是要紧，这一点，金银花的父亲却是开明多了。人家的功夫是传男不传女，金银花父亲却是传女不传男，因为他两个儿子，没一个愿意跟着他吃苦。金银花的父亲虽是一个拳师，却也生性幽默，他生下大儿子的时候，说，金生金，银生银，于是给他取名"金大金"。第二个儿子生下来，他就叫他"金大银"，反正都是有钱的意思，寓意十分明确。到了生下第三个孩子，见是个女孩，就不知取什么名好，这时两个哥哥争着来看初生的妹妹，被老祖母训斥不要吵闹，老奶奶一边驱赶他们一边呵斥着："阿金、阿银，你们都给我安静点儿。"金银花父亲一听，不知灵感从何而来，顺便就说："就叫她金银花吧，好记，也不缺金银。"众人都觉得，金银花父亲是财迷了心窍了。

徒弟们没有猪头肉吃，村里人都觉得这个师父也是财迷了心窍，小气，因此也都有点不乐意。

　　这天半夜，金师父多喝了几杯老酒汗，与女儿照旧早早地在门后叠好坛坛罐罐就睡下了。据金银花后来说，她这一辈子也就经历了这一次惊心动魄的事件：半夜时分，屋外阒寂的院子里忽然有了细微的响动，像是风吹落叶的簌簌响，又像是小脚老女人的漫步。金银花忽从梦里惊醒，人躺在门板床上，听到这细碎的响动，想起白天总是见到的天妃娘娘，觉得一定是她此时走下了神坛，似有什么忧戚的怨恨要与她父女诉说，脚步到了门口，又踟蹰起来，徘徊不前。金银花在被子里的双腿摇铃一样，却不敢叫醒脚下头的父亲，只是睁大了一双眼睛瞪着那扇薄薄的木门。但黑暗中，什么也看不见，只有木门的缝里透进来一丝微弱的月光，也是时断时续飘忽不定。这时，门轻微地推了一下，什么东西挑动了锁扣，随着扣子咔嗒一声的松动，门后的坛坛罐罐突然从天而降一般落在地上，滚出一阵又一阵剧烈的"哐当"声，如同惊雷匝地，在这万籁俱寂的深夜惊天动地般回响，门外的身影与金银花几乎同时发出了一声凄厉的尖叫，接着是飞跑而去惊惶的脚步声。金银花从床上跳将起来，拼命地摇醒了父亲。此时，金师父仍在酒醉的迷茫里，睁着空洞的眼睛茫然四顾。金银花见父亲醒了，壮了胆子从被窝里跳出来，打开门到屋外查看，可是黑夜里什么都看不见，倒是那响声惊动了左右邻舍，他们亮了灯，几个胆大地走进来询问，金师父慌忙出来接应说，没事没事，家里的脸盆掉地上了。说着拉住女儿的手往屋里走，金银花还在回头望，总觉得有一个黑影，像仁安，在人家的身后晃过就不见了。金师父轻轻关上门，照旧在门后将那些坛坛罐罐垒好，对女儿说，睡吧，没事了，门后的这些东西，比你会什么拳还重要。说着微微一笑，倒头就睡着了。

第二天，金师父拉着女儿便不辞而别，回了南塘街。他和女儿走在路上，一句话也没有。他们心里都明白，昨夜是有人来要偷那五百块学费了。女儿觉得，父亲像是算准了有这样一件事要发生一样，因为昨夜父亲将那些纸币，都装在了内裤的内兜里，贴身而眠，垒那些脸盆罐子的时候特别用心。酒醉，只怕是一种假象，是装糊涂，就等着人来偷。

回到家，父亲才跟金银花说一句："出教就是走江湖，这碗饭不是你一个女孩子可以吃的，这次只是让你见个世面，今后，就在家里练练，往后不许再跟我出教了。"

金银花问："昨晚上你是装醉，要不是脸盆罐子救了我们，那贼要是真的摸上身来，你还能打不？"

金师父笑笑说："若是一个半个，我可以出手，但出手必要人命，出了人命，你还有父亲啊？还不蹲牢监去？若是来了两三个，我就不是他们对手了，他们都是我的徒弟，你看他们，平时就力大无穷，都是'头人'，自从他们学会了我们的拳路，我即便留了几手，但两三个加起来，我在气力上就输了。"

父亲那样坦率的话语，让金银花铭记在心了。女孩子比男孩子有心，就在这里。若是两个儿子听父亲如此一说，没过两天就忘诸脑后了，而女儿却能记一辈子。

回家没有多久，就遇上了打风痴的日子。南塘人将打台风说成打风痴，是有道理的，因为这从海面上刮来的大风，的确是痴狂如一个暴怒的醉人，不仅掀屋飘瓦、摧枯拉朽，而且说来就来、说走就走，来时大雨倾盆，走时风和日丽，就像痴人醒来，不计后果，不计前嫌。那天风刚刚起来，雨越下越大，一个少年却从街上寻来，把金银花的家门擂得山响，屋里的人都以为土匪打上门来。金银花的老祖母拿一把扫把，气呼呼地出来开门，却见是一个在风里雨里淋成落汤鸡的少年，以为是来恶作剧的，正准备挥舞扫把打过去，屋里的金银花忽然高叫一声："阿婆，是仁安。"老祖母不知仁安是谁，但孙女既然认得，也就放下了扫帚，把仁安让进屋里。金银花父亲听见响动，走出来看，仁安见了师父，倒头就是一拜。

仁安说："师父，你就收下我吧，我给你当长工。"

仁安说："那天去你屋里偷钱的人，就是我。是他们叫我去的。结果非但没偷成，还被那巨大的声响吓出病了。"

　　原来，自从村人凑了学费，却见金师父连请大伙儿吃消夜的意思也没有，几个力气大的"头人"在那里一合计，就反悔了，觉得功夫也没学到多少，看来师父的能耐也就那么一点，有时和师父练"推马"，力气大的用点偷打的手法，还能叫师父差点人仰马翻。虽然师父从没有被真正推倒，但他们觉得，总有一天，师父将不在他们的话下。于是就想着把那笔钱偷回来。他们想来想去，还是叫身材轻灵而又机警的仁安去，他身子骨轻，估计能在不被察觉中将师父身上的钞票弄到手。可是，仁安根本就没有机会靠近师父，他在推开那扇木门的刹那，就被倒下的脸盆铁罐的连环巨响吓得鸡飞狗跳一般逃走。从受那惊吓以后，仁安常出冷汗，夜不安寐。家里人到天妃娘娘面前许了许多愿、烧了好多香，才慢慢地使仁安觉到一丝平安。可是一出门，又被那几个"头人"嘲笑，还常常抓住就被敲打几下，用大脚踢他屁股，让他觉得很没有面子，不如死了算了。他母亲那天忽然叹息说，不如当初就跟了金师父回他家去，给他当长工，也学点真功夫回来，不受那欺负。这话让仁安记在心里，于是趁家人都出门卖草鞋的一个大白天，他竟真的一路寻到南塘去，即便午后刮起台风，他也全无回意。

　　金师父看出了仁安的诚意，也就收下了他，对他说，你就来当学徒吧，帮我采药熬汤，学点伤骨科，我管你吃住。但你得回家告知父母，需要他们同意才行，否则还以为我把你拐走了，将来怨我的不是。

仁安在金师父家一待就是10年。这10年，练的就是推马。推马是温州南拳里的一种练习技法，两人扎好马步，相互推，谁若重心移动了，就算输。这是很见功力的技法，也特别能练出搏击的能力，类似太极拳的推手，只是更显原始与粗犷。在推马的过程中，还有打法，也就是在推动对手时出手击打，以求险胜，对手必须在马步不动的情况下以身法、手法应敌，凶险刺激。仁安练了10年，对手当然就是金银花，偶尔金师父下来搭搭手，指点一下。

日子久了，推马也推出感情来了。两个年轻的躯体整天在一起磕碰，青春的激情在凶险的搏击中更加爆发出强烈的欲望。在一个闷热的夏天的夜晚，两人推马之后，浑身都被汗水湿透。每次，金银花都保持着少女的矜持。可是，仁安的内心却渐渐地感到了一种煎熬，于是仁安不顾一切地将金银花逼到了墙角，在暗影中，在金银花略带惊恐的眼神下，仁安紧紧地压住她的身体，金银花竟然毫无反抗地任由他的动作。此时，院子里寂静而凉爽，他们靠在墙上，看着黑乎乎的树影躺在地上，风起的时候，它们好像就要远行一样，却只是晃动着身子在原地踏步。远处河埠头的青蛙鼓噪着，声音好像传到了城外去。他们没说一句话。而金银花的脑子里竟回忆起当年在蒲鞋市双井头村摘杨梅，从树上掉下来的情景，不由得咯咯笑出声来，让仁安不知所措。

但从此后，他们反而变得不像以前那样亲热了，两人中间像是隔着一些什么东西，见了面反而躲闪起来，分开了，却又极想见到面。仁安出去采药，金银花不知道他的去向，就不时地问父亲。金师父立刻看出了端倪，但他并不愿意有这个结果。他的内心，还是希望金银花能嫁个好人家。而仁安，虽然他视若儿子，却是希望他真的能像儿子一样回报自己，光耀他的门楣、他的拳术，对他孝顺。他觉得仁安已拿走很多东西，他的技艺、他的知识、他的产业，却不能再拿走他的女儿。因为，本来他有两样东西，而一旦这两样合成一样，他就亏了。

于是，金师父对仁安说，你去山东，买些上等的枸杞回来，还有黄芩、山楂、丹参、牛蒡、金银花、桔梗等。金师父给了一些银圆与钱庄的银票，开了一张单子，并写下一个地址，说，你到济南，可以找军营里的刘旅长，他是我师兄弟，可以帮助你。那时，从南方去山东，路上要走很久，再说还要置办货物，来回少说也得一年半载。金师父就这样打发仁安远行了。在仁安远行的日子里，金银花只好以给病人煎药熬日子。金师父却一边谋划着要给她说媒，准备着将她嫁出去。金银花死活是不肯的，她在心里暗暗地下着决心，这辈子，只能嫁给仁安。但她没有对父亲说。

仁安这一走，却再没有回来。大约过了半年，家里忽然来了一位山东客人，摸着门找上来问，金城师父可在？开门的正是金银花的父亲金城，他见来人身材结实，手臂筋肉呈条状地裸露在袖子外，目光幽深，先就吃了一惊，说："金师父出门去了，不在。"说着就想将人拒之门外，来人用手轻轻一挡，抵住门板，说："那我能在这里等他回吗？"

"金师父要好些日子才能回呢。"金师父说。

"那我住下来等。"来人不依不饶地说着，一脚就踏进门来。

金师父没有办法，只好请客人在堂屋坐，让金银花端茶接待。客人客气地问："先生是……"

"我是管家。"金师父笑了一笑。

"听说金师父武功了得，我们北方人没有见过，想来见识一下南方的拳法。"客人毫不客气地说道。

金师父早已看出来者不善，但他并无仇家，何况远在山东的武术界，哪里会知道蒲鞋市一个普通的拳师？他忽然想起仁安来，于是试探着说："我们家的金师父只是个伤科郎中，卖点草药。我们家有个伙计，倒是会点功夫，可惜去年去了山东。"金师父说着，那眼睛看着来人的表情。那人却毫无表情地"哦"了一声，喝口茶，道了谢，说晚上再来拜访，便告辞而去了。

到了晚上，晚饭刚吃过，天还亮着，那人就又来了。院子里还有好些来看腰痛、腿痛的病人，还有一些街坊在那里聊天呢。客人对金师父说："管家，你在金城师父身边待了有好多年了吧？即便不会功夫，看也看熟了，我练一套拳给你看看，与金师父可有得比不？"一边说着，一边就脱去身上的长衣，走入院中，飞身就是一套武松脱铐，双腿打在半空，声声脆响，双拳虎虎生风，双脚震地，屋瓦都有回响一般。在边上看的人都是声声喝彩，都拿眼睛看金师父。金师父终于面子上挂不住了，他要是再不露身，街坊几十年的邻居都要看不起他这个多少也远近闻名的拳师了。于是只好走下台阶，抱拳道："先生好身手，在下便是金城。"

那人似乎早已料到，抱拳还礼，忽然起身一把抓住金师父的前手，金师父往下一按，那人似乎就要倒地，而另一只手已到了金师父的胸前，金师父来不及躲闪，只好将来手压住身上往前一顶，但见金师父的马步双脚之下，砺灰坦"嘣"的一声陷了下去，可见双方的千钧之力在那一瞬间的爆发。那人被压住手，疼痛难忍，终究难以抵抗，不得不跪下了。金师父退开一步，说一声："承让。"来人起身，手竟不能举，只得鞠一躬，毕恭毕敬地说："领教，金师父。"转身便走了。众人都看呆了，直到那人走远，才哗哗地站起来，都佩服金师父的功夫了。金师父看那人的身影终于消失在街头，便回身劝走了左邻右舍，关上门，忽然口吐鲜血。金银花扶着父亲上床，要去找大夫，金师父摆摆手，叫她不要声张。

第二天，金师父收到了一封来自山东刘旅长的加快急件，信上说，仁安在山东采药，遇上了一帮卖木材的年轻人，他们见他是南方来的，就欺负他，仁安被逼急了，竟现了身手，将他们打了，其中一人跑回去，叫了一个拳师模样的人来找仁安，要与仁安比武，出手极重，仁安也不认输，使出浑身功夫，将他打得爬不起来，那人认输，只问他师父是谁。仁安口快，当时又得胜，忘了形，直说自己的师父是蒲鞋市南塘街的金城。回来后与刘旅长说起，刘旅长当时就派人去打听对方来路，却说那人回去就死了，是被仁安打死的。刘旅长当即叫仁安入了兵营，当了他们的兵，以躲避那场灾祸，那些已置办的货物，等有机会再运回。另外，请金师父格外小心，若有山东客人来，怕就是寻仇的，千万不要接待。

金师父看完了信，叹一声，说，这是孽债，总是要还的，否则，怎么这么巧，这信就迟来一步呢？

有人来对金师父说，那天山东客人走了后，就到陡门头吴天吾医生那里接骨，他的手断了好几节呢。说的人开开心心，仿佛金师父赢了天下一样。

金师父从此一病不起。没过半年，金师父就去世了。临死的时候，对金银花说，以后就不要说自己家的功夫了，你是女人，找个夫家，平安就好。你的后代子孙，都别练这东西。说着就咽了气。

金银花没有嫁人，她要等仁安回来。父亲死了后，她更加思念仁安了，仁安是她的第一个徒弟，也是她唯一的男人。她给刘旅长的军营写了信，也接到了仁安的一封回信，说是过些日子，等局势平稳了，就请假回来，与她成亲。可是，紧接着便是淮海战役，烽火狼烟，从此杳无音信，据说仁安跟着刘旅长奔了台湾，可是金银花不信，总觉得有一天，仁安会回来敲那扇木门。金银花常常拿一把藤椅，躺在院子里，看花开花落，看物换星移。一晃50年就过去了。她成了一朵开在藤椅上的金银花。

　　金银花成了南塘街有名的伤科医生，她最拿手的就是接骨，无论脚断手断，到她那里被她一搓一揉，骨头就接上了，夹上一块木板，喝点药，吊着脖子过 100 天，就都好了。街上的人都知道金银花的父亲，也都知道金银花会打拳。可是，50 年没有人见过，金师父的拳就成了传说，尤其是与山东人的那一战，简直越传越神奇，说，山东人回去，那手就乌紫了，从此成了废人。也有人说，那山东人回了山东，与自己的师父说起，竟被逐出师门，因为他在南方辱没了师门。

　　人们都想看一看金银花的功夫。有一天傍晚，天色尚早，年轻人聚在一起，对金银花说："奶奶，你就露一手给我们看看吧。"

　　金银花说："我都 80 岁了，早忘了，不会了。"

　　可是，年轻人还是围在她身边，都是几十年的邻居后代，金银花看着他们长大，像自己的孩子一样。她只好说："打拳可以，但没有鞋子。"年轻人呼啦一声就风一样跑出去，到超市给老太太买了一双解放鞋。金银花笑呵呵地穿上，到院子里，扎下马，喝一声，一个瓦步，双拳下压，脚下一碾，一双解放鞋，竟然面是面、底是底，"噗"地就撕裂开来。金银花照旧笑着，站起来说，现在的鞋子，质量越来越差了，没法穿。而年轻人们，早就看呆了，愣了半天说不出话来。

　　金银花照旧在藤椅上躺下，眼睛看着门口。木门半掩着，年轻人都轻手轻脚地出去了，带着无限的敬佩。当他们的身影从门边消失的时候，金银花似乎看到了仁安的身影，就在他们中间，晃过就不见了。

钢琴里有老虎的哀愁

她喜欢白色的钢琴。

每当她看见房间里那架白色的钢琴在窗帘的掀动下闪动着微光，心里就会充满爱意。那些琴键弹奏出的每一个音符，都像他纤细的手指，撩动着她最柔软的心。她坐在钢琴前面，伸手在低音区弹出一个低沉的音符，仿佛回到了自己 6 岁的光景，她在母亲的牵手下第一次坐在钢琴老师的面前随手弹出的那个低音，让她觉得像老虎的声音，从此，那一声低吼，就一直在她的脑海里回荡着。

她怀念他，她觉得他的声音怎么那么深沉，却又如此轻佻。她想不明白这是为什么。

她是怎么遇见他的？她竟想不起来了。

"我们是怎么遇见的？"她用手指轻抚着他的额角，轻声地问。

他翻了个身，说："那天你喝醉了，胡丹。"

她陷入回忆。

而她的思绪，却飞到了更早以前。躺在她身边的，是年轻的王亚瑟——据说他的父亲喜欢亚瑟王的时代，他希望自己的儿子能够像亚瑟王一样强大而智慧。可是偏偏王亚瑟是那样文弱，而他长大后唯一有点像男子汉的爱好，却是打麻将。

王亚瑟甘愿当一个小职员。他虽文弱，却有一副沙哑的男中音，充满磁性。最吸引胡丹的，也正是这副低沉的嗓音。她在一次聚会中听到了这个声音，当时他正在与一个熟人说话，忽然发出一阵略带夸张的欢笑。胡丹循声而望，就见到了王亚瑟的笑脸。她的心在这笑声中轻颤。她不知道自己为什么会对声音有如此的敏感。她觉得那声音就是钢琴里隐藏着的老虎的低吟，她感到陶醉。也就是那时，亚瑟看到了她，他们的目光在相遇的瞬间，彼此都感觉到了心有所属的灵感涌动。

王亚瑟是那种生活在自己洞穴里的男人。但胡丹不是，她是一朵开放在原野上的花，她喜欢所有的蜜蜂和蝴蝶，也喜欢到处吹拂的风。但这一刻，来自洞穴里的男人吸引了她。而对于洞穴里的生物，即便是开放在天上的云，也是要让他欢喜的。

那一晚，他们终于紧挨在一起坐到了沙发上，忘记了身边其他的人。她早已忘了他们谈话的内容了。这是因为，她根本不关心他的话语，她所陶醉的是他吐出每一个词语的声音，哪怕是那些只有在方言土话中才有的词语。亚瑟每一次高兴地赞美某件事或人时，总是要用上"棺材"或"短命"这两个词，比如"这个人比棺材还好"，或者是，"这人的运气真是短命好"。她听着这样的形容就想笑，棺材与短命怎么可以用来形容好呢？但土话就是这么说的，尤其是村里，最爱用这样的词。王亚瑟从小就爱说那样的土话，她早已习以为常了，虽然听起来真的有点娘娘腔，但胡丹却觉得他是故意这么说的，这是一种生活中的幽默。好吧，于是这幽默在胡丹的心里慢慢生成一种情愫——这是爱的象征，在空洞的夜里如紫藤一般生长。

胡丹不是那种将自身陷入相思的煎熬中的女人。她的爱情是要随时或马上释放的女人。是的。当聚会结束的时候，胡丹深情地挽着亚瑟的手臂走在街上，说，我们应该一起看日出。亚瑟根本就不知道这日出的景致该从哪里可以欣赏。偌大的一个城市，有无数的洞穴，但他从来没有想过，可以在哪个洞穴门口看到日出。太阳每天升起落下，而这样的景致，他好像非常熟悉，但他一次也没有见过。于是他真诚地说："就是电影里看到的那个日出？"把胡丹逗得咯咯笑，电影里的日出？你的声音真是太浪漫了。她的心里，就有了一个浪漫的念头长了出来。

王亚瑟当然不是一个浪漫的人，他所有的念头都是现实而琐细的。他照旧傻傻地看着胡丹的笑，照样傻傻地说："那我们到底该去哪里看日出？"他的这一刻的傻，在这一刻的胡丹的眼里，就是这一刻的幽默与欢乐。胡丹牵着他的手，一起走入世贸大厦的前厅。保安根本没有理睬这对恋人。世贸大厦是这城里最高的建筑，有67层高，上面是个歌舞厅。他们进去买了两瓶啤酒和一碟烤鱿鱼，然后出门，偷偷地顺着楼梯就爬上了顶层的露台，然后席地而坐。这是游人禁止入内的地方，对亚瑟来说简直就是一次巨大的冒险。但是胡丹却觉得，只有冒险，才有浪漫的欢悦，否则生活就是一潭死水。胡丹说："这里可以看日出了。"

当日头升起来的时候，他们倚靠着围栏拥抱在一起，胡丹对着王亚瑟说："你就是属于我的最坚硬的玉石。"她说，"现在，该是这石头回家的时候了，而我的身体，就是他的家。"

胡丹跟着她的玉石回了家。她没有想到的是，这块玉石的家真的如同玉石一般光滑整洁。亚瑟是一个善于整理房间的男人，他的书桌可以说纤尘不染。这让胡丹多少有些惊讶。在她的印象中，男人的家总是凌乱的，袜子、T恤、酒瓶一起摇滚的景象，曾经深深地编织在胡丹的内心。她爱过的男人，总是在凌乱中给她以凌乱的感觉，但亚瑟给了她完全不同的感觉，让她感觉到一种有条不紊的安宁。

胡丹似乎找到了一生的归宿。她在亚瑟的身边一躺就是一年多的光阴。这一年也许是漫长的，漫长得足以让一个人了解身边发生的一切。但一年，也是短暂的，就像一颗糖在嘴里融化了，都还没来得及回味。胡丹无须回味，是因为，这一年已足以让她回味到一个男人的乏味。

亚瑟每天的生活就是上班、下班、吃饭、看电视、睡觉。他的声音依旧动听，而他的工资，仅仅够自己一个人开销。他唯一的娱乐，就是带着胡丹去朋友家打麻将。一打总要五六个小时，胡丹并不喜欢打麻将，是因为她根本就不会打，她是跟在亚瑟的后面被动地学会了打麻将。她不能让自己就那样在他身边枯坐着，莫名其妙地看着他们为一张牌愤怒，为一张牌惊叫，或为一张牌而紧张得发抖。她觉得一点都不好玩。但她居然有耐心陪着乏味的亚瑟，期待着他能赢。

胡丹在小学里教钢琴课。虽然她有着姣好的面容与婀娜的身姿，说话温柔而目光清澈，但她在孩子们的眼里，却是可怖的钢琴老师。因为，她教钢琴就像是自己在弹琴，只管自己的陶醉，对于弹得好的学生，她只是淡淡地点头；而对于弹得不好的学生，她会用严厉的眼神看着他，告诉他哪里错了。小孩子们最经不住的，就是这种严厉。但家长们却都喜欢胡丹，尤其是男性家长。不仅因为她长得漂亮，爱在男人面前展示她的温柔，更多的是因为她的钢琴真的弹得好。她在舞台上的演出，是要让人陶醉的，她的手指抚弄着那些黑白琴键，犹如女王在下达她最温柔而又严厉的命令，所有的人都在她的音符的驱使下，游荡在世界的边缘，偷窥生命的流淌。

于是，好多家长都请她担任家教，一对一地教，学费当然贵，但有钱的家长并不在乎，何况，胡丹老师还如此美丽。

见过她的人都说，她是中西合璧的女子，若说她像欧美的女子吧，她却是细长的身姿，如临风摆柳一般的娇弱；若说她像东方的美人吧，她又有着拉丁姑娘的奔放。她细长的眼睛让人愉快、让人垂涎。有人说她的眼睛是桃花眼，有人说是杏仁眼。反正，就是一双让人难忘的眼。

人们对王亚瑟的艳羡，由此可见一斑。

但在有钱人的眼里，王亚瑟可没有什么值得艳羡的地方，因为，他总是有办法让胡丹离开那间玉石一般光滑闪亮却又乏味无比的房间，而让她回到凌乱的现实里来。而这个有钱人说来就来了，他有一个古怪的名字，叫可算，偏偏又姓冷。胡丹第一次看见这名字的时候，简直笑出声来了。冷可算的女儿是胡丹的学生，她倒是有一个传统的名字，叫冷艳——冷艳的女子，大都是热情奔放的，虽不见得一定漂亮，但一个 12 岁的姑娘，除了快乐与矫情，大约也就只剩下对不断学习的厌烦与偷懒了——聪明的孩子都是一样的，只有愚笨的孩子才各有各的愚笨。冷可算请胡丹到家里教女儿钢琴，这一教也是一年，这一年，正是胡丹在王亚瑟的玉石般的怀里享受着安宁的日子。

　　冷可算是蒲鞋市里数一数二的企业家。他的超市曾经遍布整个城市的大街小巷，他的房地产业开发了大半个城郊接合部的肥沃土地，让很多城郊的农民成为游手好闲的寓公和赌徒。他利用将那些曾经无比肥沃的土地征用，将那些旧房子拆除，然后在上面建起千篇一律的高楼大厦。没有人不愿意，因为城市的房价在飙升，农民只要肯用较低的价格用现金赎回自己原来的面积，那么就可以从他那里得到更多的房子。大部分人是快乐的，他们将祖业换成房子，等房子到手，就以市场价卖掉，然后怀里揣着上百万的现金，当起了无所事事的闲人。不安分守己的，就成了赌徒，仿佛那些钱是从天上掉下来的，最后要么成了一无所有的穷光蛋，要么就成为给赌场打工的帮凶。所有的人，面对美好的生活都不知所措了，土地没有了，他们在空气里种植钱币。

现在，这不知所措的幸福生活，就要降临到胡丹的头上了。她在冷可算的家里教钢琴，每一次都能感觉到冷可算火辣辣的眼神在她的身上打量着，那眼睛仿佛能一眼看透了她一样，让她觉得自己好像完全是裸体站在他面前——事实上也确实如此，经历过无数女人的冷可算看着眼前这婀娜的钢琴老师，能一眼看穿她所有的曲线，当她的手指在钢琴上弹奏出每一个音符，冷可算都觉得，那是他的手指在她的身上所弹出的节奏，甚至能听到她的轻叹，在钢琴的音符里游动着。

有时候，冷可算会留她吃晚饭。胡丹从来不会拒绝他。她知道他是单身带着女儿生活，而他的女儿，似乎很喜欢她的老师能留下来吃饭。

胡丹是在不久之后才知道，冷可算的妻子是跟一个叫颜连克的不清不楚，被冷可算知道了，因此离的婚。这颜连克曾经对他的企业很关照，冷可算从未想过其他原因，直到别人告诉他，有这样一层不同寻常的关系在他的事业里，他依然觉得，颜连克是值得信任的。他日夜操劳的事业，也是需要有不同的很多人的帮助才能成功的。他的气闷在肚子里，他觉得，他们三人之间所有的错，都是来自妻子。当他质问妻子的时候，妻子竟然毫无顾忌地承认了这种关系，并且明确地告诉他，没有她，哪里有他日臻发达的事业。这让冷可算觉得更冷了，他浑身起了鸡皮疙瘩，他终于被气出病来了。他想不通的是，颜连克怎么会喜欢这么一个五大三粗的女人。他不知道，在颜连克的眼里，他妻子的美丽就在于她乌黑的大眼睛里所隐藏着的霸道与狂野，这是那些把自己弄得娇弱不堪的女子所不具备的。

冷可算把这一切都告诉了胡丹。胡丹对这份信任感到满足。

冷可算的家有1000多平方米，20多个房间，像迷宫一样。他在自己开发的大厦里留了顶层一个平面，把自己的居所装潢成凡尔赛宫，有歌舞厅、棋牌室、书房、好几个卫生间、宽敞的厨房、明亮的餐厅、一些卧室、影视间等，凡是你能想象得到的，他的家里都有，就是少了一个游泳池，否则，这里就是一个五星级酒店了。他雇用了好几个保姆，负责他与女儿的饮食起居。但让胡丹感到奇怪的是，她从来没有找到冷可算的卧室。那些宽敞的房间全都像客房一样，整理得一丝不苟，但从来没有人住过。偶尔有一个亲戚住一个晚上，也都是一尘不染地走了，不留一点痕迹。

他的餐厅与女儿的琴房隔了好几个房间，用餐的时候，要用手机通知，否则叫是叫不应的。某一天，当他单独留下胡丹吃晚饭的时候，可算对胡丹说："你如果愿意作为女主人住下来，那么这房子就是你的。另外，我往你的卡里打 1000 万元，给你当零用钱。"胡丹惊讶地看着他，她觉得不可思议。说实话，她一点儿也不喜欢他，但也并不讨厌他，他对她表现出的信任，也让她很舒服。现在，有这 1000 平方米的大屋和 1000 万元的现金，她当然可以托付终身了。

冷可算冷冷地看着她，看她微笑着点头，立刻端来手提电脑，在上面往她的卡里转账 1000 万元。胡丹没有想到冷可算如此讲效率。

冷可算牵着她的手，七拐八拐地来到一堵粉墙之前。冷可算低头在墙角拉开一道很小的门，现出一个狗窝一样大小的洞。冷可算示意她爬进去。她将信将疑地看着他，心中微有恐惧。但为了这 1000 万元，哪怕受虐，只要不过分，她觉得自己还是能够接受的。她在钻进洞穴的那一刻，仿佛能听到琴房里那架白色的钢琴奏出一个老虎般的低音。她浑身颤抖了一下。

爬进洞穴，她看到了一张大床。她站起来，里面原是一间大卧室，但没有门，也没有窗，只有满墙的镜子。另一面靠墙立着一个檀香木的大柜子，看着像是有些年头了。冷可算把双手轻轻搭在她的肩膀上，胡丹打了一个寒战，但立刻就顺从了他。此刻，在这充满了香烟的熏味的房间里，她除了任由摆布外，还能做什么？

事后，她问他，为什么把卧室装潢成这样？冷可算冷冷地说："你不觉得这样很安全吗？"

对，在这样的卧室里睡觉，确实很安全，但那种安全感，却让人窒息。

胡丹睡了一个天昏地暗的觉。除非拿手机看时间，否则，她在这屋子里永远都不会知道日头已经翻了几番了。她起床时，冷可算早已出去了。她赶紧去试了试那洞穴的拉门，幸好是能拉开的。在那一刻，她生怕自己被囚禁在这洞穴里，成了他的奴隶，那1000万元的卡片，估计也就没有她用到的机会了。看着铁拉门被拉开，屋外的一道光铺进她的脚下，她才终于松了一口气。她艰难地趴下来，艰难地爬了出来，她觉得自己就像一只幼虎。

这时，她的手机响了，她懒懒地看一眼，是王亚瑟。

他问她，昨晚怎么没有回家？

"我不回去了。"胡丹直截了当地说。

"怎么了？你生气了？"王亚瑟莫名其妙。

"不，没有。你管好自己吧，我不回去就是了。"

"你有别人了？"

"这你就不要管了。"

"你得说清楚，你去哪里过夜了？"

"我和别人睡觉去了，我喜欢有钱的男人。"

"你！"王亚瑟终于生气了，"你永远都别回来了，你的那些衣服，我拿一把火烧了它们！"

"哈哈！"胡丹冷笑了几声，"你全烧了最好。"

她去世贸大厦的商城里，买下了所有的漂亮连衣裙。

胡丹就这样决绝地离开了王亚瑟，留他在那间纤尘不染的房间里生气。她能想象出王亚瑟此刻无力地瘫倒在沙发上的可怜样子。她把所有与王亚瑟打麻将的麻友都邀请到自己的新居，与他们打了好几个晚上的麻将，把存折拿给他们看，免得他们不相信她的丈夫真的如此慷慨。上面的数字显示 900 多万，是因为她已经花了几十万买了一堆衣服。

冷可算娶了她。他们简单地领了结婚证，摆了一桌酒席，请了自己的至亲来坐了坐，这仪式简单得连她自己都不相信。她原以为自己会有一个隆重而体面的婚礼。但冷可算说，他已经结过一次婚，而那场婚礼的结果是那样失败，他不想再丢人现眼了。所以，他决定低调，他甚至想过就在自己的卧室里与胡丹喝杯酒就算了。他能答应给她摆一桌酒席，算是很给胡丹面子了。

　　胡丹觉得，她的人生应该重新规划了。那几百万的现金在她的卡里，就像满笼的兔子在不停地跳跃，不停地想挣脱，想生长，想运动，想着笼子外面更广阔的草地，想着胡萝卜的美味与野草的馨香。

　　现在，她也要当一个生意人，让这一桶金变成无数桶。她知道如果不动，这钱终究会越来越少，到最后坐吃山空。她不能永远依靠冷可算，况且，冷可算再也不会往她的卡里注入现金，这是一次性交易。她心里非常明白。而且，在她与冷可算结了婚以后，冷可算就辞退了一个保姆，说是省一个人的工资也好。现在，她负责每天的饮食。刚开始的时候，她还挺有兴趣地做几样自己喜欢的菜，但没过多久，她就有些厌烦了，她觉得自己终于沦落成了一个保姆，只是她的薪酬是1000万的终身酬，还要陪睡觉。她有一次还听到冷可算与别人说，这1000万还不是我自己的？她人都是我的。她转念一想，生意人的思维，真是无情而有理。

　　因此，她强烈地觉得，得自己把这1000万翻个身子，那样，我就不止这1000万，我还是我自己，钱也是我的。她对丈夫这样说的时候，冷可算一点也不反对，他的想法是，你翻身等于我翻身，你挣得钱越多，我的钱也就越多。你不就是我的吗？

　　但是，胡丹能做什么生意呢？她离开琴凳，就什么都不会了。她除了拿钱给人放贷，就没有别的门路了。放贷的生意，在蒲鞋市是很兴旺的。这里的很多生意人，他们从银行贷款，从担保公司借高利息还贷，一切都这样相安无事地循环着。好多年，有些人就这样把自己一生积攒的钱都放到担保公司里吃利息。一般是两分的利息，那也不得了，100万一个月能收回两万，一年24万的收入。而担保公司放出去则是6分的利息。

　　胡丹把钱投入担保公司，成了与社会有交往的体面女人，是交际场的一朵花了。每天都有应酬，很多小企业的老板巴结她。这自然对胡丹很是受用的。

　　但是胡丹并不快乐，她开始厌烦那没有门的卧室，每天要像一只小老虎一样地钻进钻出。胡丹开始花钱如流水，经常在酒桌上觥筹交错。在一个闷热的晚上，在星光酒店的502包厢，胡丹听到了一个名字：颜连克。这么耳熟的名字，她却记不起自己什么时候认识他——哦，她想起来了，那不是与冷可算的前妻走在一起的那个男人吗？她很好奇，这是一个怎样的男人啊？她要看个究竟。

　　颜连克就坐在她的对面。她看着他，戴着无框的软边眼镜，笑起来眯成一条缝的眼睛里满是温和的光辉，鼻梁挺直，若说有什么缺点，就是鼻子有点短。他说话总是轻轻的，没有架子。

在经过几场饭局后，胡丹与颜连克渐渐变得熟络了。颜连克对胡丹极尽呵护，像对自己的妹妹一样。胡丹觉得，颜真的不坏。也难怪她会喜欢他。她想。她当然不敢告诉丈夫关于自己认识颜连克的事，但冷可算似乎早有眼线告诉了他，说胡丹经常和颜连克这帮人吃饭呢。冷可算就与胡丹说，你少与他们在一起，让人说闲话哩。胡丹嘴里答应着，心里想，你不信任我是吗？但颜连克真的比你对我好。

心比天高，命比纸薄。这是胡丹经常听别人说的话。冷可算的一处房地产才开工一半，投资了 10 个亿，但这个工程却出了问题，最后是一个子儿也没有了。冷可算跌了，所有的债主都逼上门，而所有欠他钱的，却一个也不见了。他那 1000 平方米的大屋也给法院收了，冷可算被关了起来，而胡丹借给担保公司的钱，不仅半分利息也拿不到，连本金也没有了，因为担保公司竟在一个月后就关了门，老板不知所终，有人说，他携款逃到意大利去了。

胡丹冷冷地坐到那架白色的钢琴前面，轻轻地弹奏出一个低音。这是老虎的声音，她想。可是听起来，怎么那么忧伤？屋外贴着法院的封条，有一条被胡丹撕掉了。胡丹转头看着封条在风里飘，一直在拍打着她的窗户。

　　胡丹觉得奇怪的是，她一直以为他不爱冷可算，反而对王亚瑟有着几分真心，但现在，她竟一点儿都没有想到王亚瑟，一点儿都没有想回到他那里去。她留恋的，竟然真的是冷可算。

　　他曾说："你是我的幸福之源。"她知道这些甜言蜜语都是虚情假意的，她知道他根本就不爱她。

　　她曾问他："我们是怎么遇见的？"

　　他却答非所问地说："那天你喝醉了，胡丹。"

　　可是，在她的印象里，那天醉的明明是他。

　　一切都无从谈起了。

　　她现在很想钻进那间没有门的卧室，睡他个昏天黑地，可她知道，那个没门的房间再也找不到了。

白蛇、山寺与豆娘

白阳春独自走在山边的小路上。

山边草木葳蕤，一块巨大的岩石突兀在坡上。山坡下是一条小溪，乱石铺满了溪谷，溪水从乱石上跳跃而下，其哗哗之声在白阳春听来就像酒吧里舞女的歌唱。但白阳春此时不想舞女，他决定在这里寻找一种清净，没有烦恼。

白阳春曾对朋友张洋说，40岁以前一定要出家。张洋于是就带着白阳春去一家酒吧，看舞女在钢管上跳艳舞。张洋说，生活多么好，漂亮的女人，醉人的酒。但在白阳春的眼里，女人扭动的样子在他的脑海里晃着，他越发觉得世界的喧闹是与他的性格格格不入的。他觉得这是一个错误。没有快乐，只有不断的诱惑，而诱惑之后，带来的是苦恼，他的身体里面越发有了欲望，而他知道，欲望将永远不能满足。他开始对朋友的用意有了一种淡淡的幽怨，于是后悔就开始漫山遍野地侵袭着他的头脑。

于是，在一个清静的早晨，白阳春决定出走。

其实，白阳春无所谓出走的，他一个人住，随时都可以走，走到哪里，哪里就是家，所谓客居是家家似寄，他永远都是一个旅者。这样的感觉很好。

36岁，本命年，都说本命年里隐藏着重重的危机。

按照民间的风俗，在本命年是要穿红裤头的。白阳春虽然不信，但还是从俗，买了一打的红裤头。城里有专卖裤头的批发店，比零售店要便宜。批发店就在木勺巷口，离白阳春的居所不远。

这条小巷，像一柄木勺一样插入这座城市。

翻开地图——明代或者更早以前的，你会发现，这城就像一个汤碗，静静地摆在瓯江边上。那条巷子就飘浮在汤碗的中间，像指南针一样。

巷子口就是专卖各种裤头、帽子、围巾之类的批发店，而店门口，总是摆着一个看风水算卦的摊子，挂的牌子却是易经研究会之类。白阳春在摊子前犹豫了一下，却被那戴着墨镜的算命先生叫住了："六六三十六，有人中奖有人遭殃，我看这位后生今年刚好 36 岁吧？"白阳春扑哧一笑，手里扬了一下那一打的红裤头，说："你是看见这个了吧？"转头一想，又好像不对，人家看起来像是瞎子。于是白阳春就停了停脚步，站在摊子前听他继续说。

算命先生就自顾着说下去了，他说的是，别人本命年会中奖，买什么奖什么，但你却不行，你要相信命运，你要在 36 岁这一年里老实待在家里，不要出门，不要结交朋友。"否则，你会破财的。"瞎子说。白阳春想，这一年破财，以后总会发财吧。他就问，那以后呢？"以后？"瞎子的眼睛好像在墨镜后面瞪得老大——他原是有眼睛的，而且有光——"以后就习惯了。"瞎子说。

这可怎么办呢？瞎子的话，一定瞎说，人怎么可以不出门呢？有人认识了你，要与你交朋友，至少你不能轻易就与别人断绝来往。白阳春无所适从了。他总要出门找工作吧，他刚从报社辞了职，是因为他想自己都 36 岁了，还整天在广告部跑业务，真是没有出息。他没有想到卡夫卡一生都在保险公司跑单，他想到的是托尔斯泰能够坐在自己的农庄里悲悯地注视着世界。但他一下子掉进了生活的旋涡，他没有想到失去了工作并终于轻松了一段时间后，紧接着居然就是不断的困惑，生活好像忽然失去了方向，重心没有了。他不得不重新到处寻找工作，可是没有人要他。

　　白阳春走在山间的小路上。他想，如果他再不出门，就这样躲在屋里，一定会憋死的，算命先生的话，怎能信呢？但他的脚步，却是不由自主地往郊外的山上去了。郊外的山上有一座荒凉的护国寺，他常往那里去，与寺里的和尚大都认识。方丈的法名叫观鱼，80多岁了，却爱开玩笑说浑话。寺庙还算气派，院子很大，却没有拾掇。大约和尚们懒惰，也不打扫，任凭初秋的落叶飘零，倒也别有情致。当他走进山门的时候，在黄泥的小路上，一块怪石的缝隙间，他看到了一条小白蛇，正昂着头注视着他，细小的眼睛，有光。白阳春停下了脚步，也盯着小蛇看。他们就这样对视了好一会儿。于是白阳春就长长地舒了一口气，说："我来当和尚，你说好不好？"蛇却仍然不依不饶地看着他。他说："你回去吧，天要冷了。"在他这么说的时候，蛇就慢慢地舒了身子，放下高昂的头，游走了。

　　白阳春见到观鱼法师时，正是要吃斋饭的光景。观鱼见了他，就呵呵地笑起来，说："你来了，我们下一盘棋。"观鱼的玩兴挺大，据说当年他在厦门大学念书的时候，爱上了一女子，还将家里的钱几乎都花在了她的身上。那是许多年以前了，观鱼的家里还有几亩地，却让他就这样给败了。那女子让他疯狂地爱着，却将自己所有对男人的怨恨，都施与他的身上，对他忽冷忽热，在他没了钱以后，将他驱走。伤心的观鱼，用绳子将一块大石头系在身上去投海自尽，想一了百了。幸亏一位游方的和尚救了他，说，人生的苦乐，全在人心，只要去了这心，便没有烦恼。观鱼想，这与没心没肺有什么区别？他不信他的话，回了旅店，还想再见一面他心中的女神，却看见那女子挽着另一个男人的胳膊。旅店隔壁的胖子笑着告诉他那女子与另一个男人在一起的时候，正是他投江的当儿。他感到了无穷的悲哀。他看透了女子的无情，想，不如真就跟了那和尚，四海游荡。这故事当然都是山下的闲人说的，当不得真。可是正因为有这样的故事，山上的寺庙里倒是香火旺盛，很多人来不是为了拜佛，却是来看观鱼和尚的。

白阳春对观鱼说，我要当和尚。观鱼说，恐怕你待不住。这斋饭也不合你的口味儿。这寂寞的山野也不是你可以久留的。当和尚可不能反悔，要像我一样，当一辈子，你行吗？哎呀，先考虑考虑，住几天再说吧。

就这样，白阳春住了下来。他反正也没有事情，晨钟暮鼓，也不失为一种惬意的生活。他住进了寺后的一间小僧房，窗外有一条小溪流过。晚上，他开了昏黄的小灯，枯坐在窗下，抬头看星星。他想起白天看见的小白蛇，忽然觉得，那白蛇怎么就那么像他前几天与张洋在酒吧里看到的舞女呢？她的身姿在他的眼里又晃动起来。他铺开一张纸，想写一部小说。他想起她脸上复杂的笑容，也想起观鱼法师的身世。不如就写他的故事吧。

窗外的风，伴着白阳春的笔，他渐渐有了一点激动。他在桌上放了几本佛经，他想，佛经上的故事也许就是像他这样写出来的，佛徒们的生活可没有现在的人们那样丰富。当万籁俱寂的时候，他们除了写故事，除了回忆，还能干什么呢？这样，他就有了一种使命感。

当白阳春抬头思索的时候，他忽然看到了一只豆娘栖息在他的那几本佛经上，它细小的眼睛正注视着他，有光。他不忍挥手驱赶它，他觉得这样很好，这样他就不孤独了，他就有了一个沉默的伴侣。

天亮的时候，白阳春才感到困了，他不知道昨晚他都写下了些什么，但他想，白天如今对他来说，就是无聊的时光，是生命的浪费。白天是无用的，是寂寞，是诱惑，是烦恼。当寺院的钟声响起，当那几个僧徒开始诵经的时候，他却起身，在溪边洗了把脸，让冰冷的水刺激一下神经。然后，他就去睡觉了。当他回屋的时候，他看到豆娘飞起来，在屋里盘旋一圈，便径自飞走了，飞到门口时，似乎还不忘回身，一高一低，点了点头。

这一觉，白阳春一睡睡到了午后。他在梦中，梦到的尽是那晚妖娆的舞女。他醒来的时候，夕阳正照在他的床上，有点热。他感到肚子好饿。才一天啊，他想，他应该坚持。他踱着步就走进了厨房，可是僧人们早已经用过餐了，还有两个剩下的馒头，正对着他笑。他幻想着，如果这白馒头蘸肉汤，一定非常美味。这样想着，口水就流了出来。他吃惯了肉，没有肉的日子他如何过啊，他觉得他的嘴里很淡。他去看观鱼，观鱼又要与他下棋。80多岁的老头，精力却好像很旺盛。白阳春想，幸亏他当年当了和尚，否则一定活不到今天，所有的精力一定都花费在那女子身上。一想到这儿，白阳春的脸上有了坏坏的笑意。但观鱼和尚是不会知道他龌龊的想法的。白阳春只是与他打了个招呼，说想出去到溪边走走。观鱼只是看着他，也是那样坏坏的笑，似乎又知道他想的是什么，当然，一定不是关于女人。

白阳春顺着溪流，往上游的方向走。他是漫无目的的，但他有一个想法，因为他知道，在前面不远的地方，有一家小酒店，叫"顺溪酒馆"。此前他去过，菜做得一般，但有肉，有乌豆泡的酒，最容易醉人的那种。他想，生活怎能没有肉、没有酒呢？一想起这些，他就无法想象观鱼这几十年是如何过来的。他开始真有点佩服观鱼的定力。这就是修行。这需要修行。他想。

"顺溪酒馆"在山岙的中间，却也是一处风水甚好的地方，边上有一个不大的湖，乡人叫它"悲湖"，湖面波光粼粼，在晚霞中颇有几分情致。白阳春不知道它为什么叫悲湖，也许是因为这湖的形状像一滴眼泪？酒馆租用的是一个农家的院子，中堂竟成了点菜的大厅，厢房就是包厢了。又在湖边摆了一溜的小桌子。苍天白云下，湖光山色。

白阳春跨步踱进酒店的时候，似乎觉得自己多少像一个穿长衫的落魄公子，他下意识地用右手在裤脚边上撩了一下衣服，可是撩不着。他不由得笑了一笑，却见柜台后面一张笑脸，正对着他。白阳春的脸顿时红了一红，说，要一斤乌豆酒。

"还要一碗东坡肉吧，再来一盘莴笋干？"后面的笑脸似乎对他很熟悉，"我记得你呢，你叫白阳春，是报社的记者。"

白阳春有点吃惊。虽然她不知道，他从来就不是记者，只是一个跑业务的广告员，但她却叫出了他的名字。可怕的妇人，白阳春想。几个月前他的确来过一次，那次是张洋带他来的，说朋友介绍，一个小妇人在郊外的护国寺边上，开了一家叫"顺溪酒馆"的小酒店，来吃一顿，帮忙给在报纸上宣传一下。于是他便冒充记者，来吃过一顿。后来也没有给什么宣传，因为小妇人没有多少资金预算可以上他的广告版面。她只是小本经营，不值得打什么广告。他没想到，事隔这么久了，小妇人还记得。那天，他赞美了她的东坡肉与莴笋干。

白阳春仔细地打量着眼前的小妇人。那天是朋友介绍，边上还坐着看似她男人的人，所以，他显然有点拘谨。但今天不一样，今天他的身份有点特殊，是半出家的和尚。他的心里没有了障碍，于是也就没有了负担。他发现这小妇人喜欢穿旗袍，因为他上次来的时候她就穿着一件旗袍，今天看见还是一件旗袍，只是那旗袍是经过改良的，束腰，立领，紫色的花瓣在全身盛开，极妖娆却又极收敛，刚好衬托出她娇小的身材。她的长发，却没有任何装饰，清汤挂面一般，却柔软温顺，散发着清香。她有一双细长的眼睛，那眼睛里看不出深情厚谊，也看不出清纯淡定，只是当她看着你，就有让你不能拒绝的柔和之光闪动。

这当垆卖酒的小妇人，可是现代的卓文君吗？白阳春这么想，于是就把自己当成了古代的司马相如。他之所以不去当记者，是因为他觉得，记者的收入太低了，而广告业务员却有丰厚的回报。他那时候就想着发财，现在他真有点后悔了，凭他在大学的才华，记者是完全可以胜任的，广告业务员反而有点勉为其难。他想，如果他是记者，那天他就能帮上一点忙，给写篇文章什么的，在报纸上发一下，也许今天他的到来就是贵宾了。

酒上来了，小妇人抽个空，也来边上坐一坐，举杯子陪他喝一杯。这样，他就来了酒兴，觉得今天真是来对了地方。

"豆娘，豆娘。"边上的服务员唤她，她笑着起身。这却让白阳春吃了一惊。他不知道她叫豆娘，那天好似不是这个名字，但不管叫什么，他早已忘了。

"豆娘是我的小名。"豆娘说。她的母亲原在乡里磨豆腐，年轻的时候据说很漂亮，有"豆腐西施"的称号。又生了她这个漂亮的女儿，乡里的街坊，便叫她豆娘了。

多美丽的名字啊。白阳春想着，这酒，就喝多了。直到夜深，客人早就走完了，服务员见这客人与豆娘相识，也就先下班，留下豆娘陪着。

"上次我来，边上的是你男人？"白阳春问。

豆娘笑了，说："我还没有男人呢。"

说完，豆娘的笑容似乎渐渐又凝固了。

她看着远方，目光中有很多遐想。

她似乎有很多心事，借酒浇愁的样子。

　　初秋的晚风，有几丝凉意。豆娘说，好冷啊。白阳春也就借着酒的力量，说："我来给你取取暖吧。"说着便顺手将豆娘娇小的身躯拥进了怀里。豆娘便靠在他的胸前，抬头看着星星，说："要是我能飞，我一定要飞好远的地方。"

　　白阳春听出了她话里的忧伤，他们就这样拥抱着，忘了时间。

　　豆娘说，从没想过，夜原来这样美好。

　　豆娘说，从前的夜，好孤单。

　　豆娘说，你真温柔，温柔的男人从来就是一匹狼。

　　白阳春听着，真想对着长长的夜空一声长啸。

　　豆娘说，夜深了，有露，会伤了心的。

　　豆娘说，抱我回屋吧，抱我暖暖身子。

　　豆娘是孤独的，孤身住在店里。

　　白阳春忘了那一夜是怎么回到僧房的，当他又枯坐在僧房窗前的时候，他想，还要不要写观鱼的故事？他开始对眼下的小说失去了激情，他似乎要决定，将那女子的角色改一个方向，如果那是豆娘，观鱼的生活会怎样呢？他开始颇有些同情观鱼了。法师啊，人家说，人生苦短，而你漫长的人生却是浪费。假如你有我这样的豆娘，人生短促一点有什么关系。呵呵，白阳春笑了，他依旧还在怀念着与豆娘相处的时光。这时，他看到，那只豆娘依旧还栖息在他的佛经上。他吓了一跳，赶紧开了窗，要将豆娘挥出去。

去觅食吧，豆娘。

现在白阳春知道，他为什么要出家了，为什么信步就到这庙里来，为什么要来的原因。那是因为，这里有一个豆娘。这原是他未曾发觉的。

现在，白阳春每夜每夜地写着他的小说，是因为豆娘鼓励他，说："就当作为我写吧，那将是一个关于我的故事。"豆娘说，"我的故事很辛酸的，你要将它写下来，就算给我留下的一个纪念。这是给我最好的礼物了。"每夜当白阳春一个字一个字写的时候，那只豆娘总会从外面的草地上飞来，轻轻栖息在他的佛经上，挥之不去。

每天，白阳春还是要到溪的上游，去看豆娘。店里的服务员几乎都认识他了。但他们似乎又有意回避他，不与他说话。这是白阳春不了解的。每次来，豆娘都会很高兴。豆娘在众人面前还有几分矜持，但私底下，豆娘是快乐而天真的，灿烂的笑容就像湖面上的莲花。豆娘是一张白纸，白阳春心里想。

但是有一天下午，当白阳春独自坐在溪边喝茶，却不见了豆娘。他只看到豆娘的身影慌张地闪了一下，就不见了。他正纳闷着，却见一个男人来到他身边坐下来，说："你是白阳春？"

白阳春说："是，你是谁？"

"我是豆娘的男人。"

"什么？豆娘亲口与我说过的，她没有男人。"

"她骗了你，我就是她的男人。她有很多男人，但现在，我就是她的男人。"

"你知道吗？这酒馆是我开的，你天天来，吃的是我的，喝的是我的，连陪你的女人也是我的。"男人说。

白阳春的脸上一阵白一阵红，他看着他，他们的目光都一样慌乱。

白阳春终于落荒而逃。他乱脚踩在溪边的乱石上，好几次都差点摔倒。他让自己站住，深深地吸一口山间的空气，忽然觉得，这里原不是他的地盘。

白阳春来到方丈的僧房，说："我要走了。"

观鱼似乎并不意外。老和尚笑着，说："我知道，你一定待不住的，你的尘缘未了。你要喝酒，还要吃肉，你还有事业，还有生活，这里不是你该待的地方。"

白阳春想，你哪里知道，我当不了和尚，却不是因为要喝酒吃肉的缘故呢。但你说，我尘缘未了，倒是有几分对的。

白阳春说："我在这里写了篇小说。"

观鱼说："我知道，每天都有豆娘陪着。"

白阳春说："昨晚，它飞走了，再没来。"

白阳春说："哎，你知道前面的顺溪酒馆吗？"

观鱼说："做什么？"

白阳春问："那里的豆娘，你可认识？"

"她呀，我当然认识了。你不认识吗？你不是天天去她那里？"

"可怜的妇人啊，很少有人见她笑的，整天苦着一张漂亮的脸，据说见了你就笑，也是缘分啊。"

"你这和尚，不见你出门，什么都知道。"

"是啊是啊，她有一个男人，我也知道。漂亮的妇人，是我喜欢的。"老和尚笑着说。

"那男人是谁？"

"那是个商人，据说财产很多，有妻有子的。"

"他说他是豆娘的男人呢。"

"是啊是啊，豆娘是他的女人，他却不是豆娘的男人。"

观鱼说："豆娘嫁了一个男人，可是另一个男人更喜欢她，给她在木勺巷买了一间屋子。豆娘说，你不能金屋藏娇，我要工作，于是这个男人又租下了这个小酒馆，让豆娘经营来着。豆娘于是就离婚跟着他，那时她结婚才一个月呢。"

　　白阳春就想起那天去木勺巷口买红裤头，他从信河街这头进来，直直的巷子像勺柄，越到里面就越宽敞起来，许多大院绕成一圈，每一座门台前面都立着石狮子，越过灰石头垒成的围墙，可以望见里头的飞檐默默地指向天空。

　　白阳春说："不管她怎样，我就是爱上她了。"

　　观鱼却没头没脑地说："以后就习惯了。"

　　白阳春说："我回去卖了房子，将那男人的钱还了，还她一个自由的身。我要为她赎身呢。"

　　观鱼照旧笑着，说："回去吧，过段时间先，以后慢慢就习惯了。"

　　白阳春一脚深一脚浅地走下山去，在山门的黄泥路上，怪石的缝隙间，那条小白蛇又迎风高昂着头，默默地注视他，那细小的眼中，有光。

　　白阳春说："回去吧，我要走了。"蛇慢慢地舒了身子，游走了。他回头，看见豆娘在林子里飞，许多豆娘，在林子里飞。

　　白阳春想不明白，为什么观鱼说，以后就习惯了，这话什么意思？

不要告诉任何人：
你从何处来，要到何处去

嫣　娜

小蛋长得白白胖胖的。小蛋是白公的孙子。

小蛋出生的时候，他的母亲就死在医院里了。小蛋 3 岁时，父亲便死于车祸。因此老人们都说，小蛋的命很硬，似乎小蛋注定是悲惨的一生。但白公非常爱惜自己的这个小孙子。

小蛋总是很活泼的样子，可是有一夜，在一阵雷雨过后，小蛋睡得很不安宁。白公被折腾了一夜，累得直不起腰来。白天当白公遇见邻舍时就叹气说，唉，人怎么就老得这么快呢？小蛋的病就一天一天恶化起来，每天都哭，体温有时候很高，吃了医生的药，又降到 37℃ 以下，但几个小时后，体温又升高了，而且总是哭，直到无力。白公很无可奈何。白公的乡人到城里做客，就对白公说，小蛋定是被鬼跟上了，不如到家乡山里的观音庙去拜拜，兴许会好。白公听了总摇头。白公年轻时闯过大地方，如今虽在温州小城，总也是见过世面的人。白公不相信妖鬼。

那天嫣娜见白公愁眉不展的样子，就说，小蛋哭得太无理，让我看看。年轻的嫣娜是白公的邻居，白公一看见她的眼神就感到悲伤，因为嫣娜的眼睛，实在太美。

嫣娜走进屋里，端了一碗水，放入一枚乾隆朝的铜币，用手指一搅，嘴里念念有词，水便浑了。嫣娜从水里伸出手，轻轻地抚摩着小蛋的肚子说，小蛋，乖，你要睡觉，阿姨叫你别再哭。小蛋就不哭了。嫣娜回家抓了几样草药，让白公煎起来给小蛋喝下去，小蛋就灵活起来，也不哭，白公又叹息说，看来还是中医好。

嫣娜是混血儿，嫣娜的父亲是药铺老板，他的药铺叫"延年"，民国时代，他的药铺在这条街是颇有名的，人们相信他。而凡是把药铺开在这条街上的其他老板，最终总不得不搬迁，否则只好看着"延年"赚钱。其实嫣娜的父亲是学西医的，在日本留学时却娶了一位西班牙籍的招待女郎，生下了嫣娜。他带着妻子回到故乡，又继承家学，开起了药铺。然而西班牙妻子却不喜欢中国的生活方式。一天早上不言不语就走得不知去向，真是挥挥手不带走一片云彩。嫣娜至今不知道母亲长什么样。

嫣娜一直住在祖母身边，祖母告诉了她许多草药的用处。

祖母很神秘，每晚必烧一炷香，并口中念念有词，像祷告，却又不像西洋教堂里的样子。祖母从不干涉儿子的事情，对他爱理不理，却对这个小孙女很关心。祖母做祷告时，嫣娜就在旁边有样学样，祖母从不生气。祖母的医术似乎比她父亲还要高明，有些病人的药方父亲还要请教祖母，祖母就嘲笑他说，你给别人打一针不就行了？还不是发炎吗？西药总是很贵的，有病人买不起，而祖母的中药方却很便宜，而且奏效。

祖母说："嫣娜——唉，怎么就叫嫣娜呢？怪拗口的，干吗不叫阿花呢？"嫣娜就说："爸取的名嘛。"祖母就又叹气，说："瞧你那个爸，他有什么用？"

祖母说："嫣娜，想跟我学祷告吗？"嫣娜说："想。"祖母就教她，并说："那不叫祷告。""那是什么呢？"嫣娜问，祖母就摇头。

"那是咒语。"

"什么叫咒语呢？"于是祖母又摇头，说，"一代不如一代。"

嫣娜就是这样学会巫术的。

白公在屋外晒太阳，眯着一双眼睛，看嫣娜在他面前来来去去。嫣娜的衣裳也很耀眼吗？而那隐藏于嫣娜衣裳里头的身材却更耀眼，每当阳光明媚时，身材便可以在白公的眼睛里若隐若现地展现出来。

嫣娜总说自己有气功，而且功力不凡。白公于是在太阳底下头往后一仰，靠在藤椅上闭目养神。

这时白公就能看见天山。那是西域，白公文绉绉地对自己说。白公的老家在瑞安的山里头，"穷"字比三伏的太阳还毒，而且普照。白公就到西域去，说淘金。那里有一群吉卜赛人，他们不淘金，却卖艺。他们当中有一位姑娘，舞姿迷得白公忘了进矿的时间。白公看了她一个上午，回来时才发现矿井塌方，压死了几个人，白公只好往别的矿井去，路上又去看那个姑娘跳舞，姑娘的舞姿很性感，是那路野性十足的肚皮舞，白公就想起一句诗："何当共剪西窗烛。"白公幼时上过私塾。

白公不往别的矿区去了，就跟着他们走。吉卜赛姑娘就问他，你干吗淘金？白公说，能发财。姑娘说，发了财干什么？白公说，就娶你。姑娘笑了。那种笑像月牙儿。白公就迷惘。

白公自言，嫣娜可是她的再世？怎么就这样像呢？白公睁开眼，看嫣娜又从前面走过去，就叫："嫣娜。"

嫣娜回来嫣然一笑，唤一声白公好，飘然而去了。白公愣在那里好久，不知太阳已移过了位，屋荫使这一角变得清冷，而白公却倍感温暖。小蛋在屋里叫："爷，你是在晒太阳还是在乘凉啊？"

半夜，白公醒过来，之后就毫无睡意，起床踱到窗前看月亮。半夜的风就像戈壁滩上的狼啸，满怀着英雄的气概。白公抖擞精神，似乎又回到青年时代。此刻，宁静的四周除了风声，似乎还有一种低低的声音，夹在风中，隐约如梦的幻影。白公仔细地听着，犹如回到了西域，回到了吉卜赛人的帐篷。白公就想，怕是我的魂让她勾去了吧。

白天，白公遇上嫣娜时，说："看你气色不大好啊。"嫣娜就微微一笑，很羞涩的样子，说："是吗？"白公说："可能是晚上睡不好吧？上次你给小蛋治好了病，今番我也给你几样草，吃了能睡安稳些的。"嫣娜拿了那枯黄而凄美的草，认不出是什么药，况且祖母已故去多年，没处问，嫣娜就随便放在锅里煎了一阵，喝了，觉得味甘，浑身很舒服。

那一夜，白公特地半夜起来，仔细听，却只有风声，便会意地笑了。

白公又想起西域的帐篷，想起吉卜赛女郎。白公去向她求婚时，她笑着拒绝了他。她说："我不需要男人。"她指指戈壁缝里的一种草，告诉他这草能了断女人的情丝，而她已吃过这草了。白公就摘了一些，晾干，揣在怀里，一直珍藏至今。几十年，这枯黄的草却风韵犹存，很妖媚的样子，胜过红红的枫叶。

从此，白公每夜都睡不安稳，半夜总醒来，总想着那遥远的女人和眼前的嫣娜，她们为何如此相像啊。白公日复一日地瘦了。某日，白公躺在床上，再也不想起来。白公就叫小蛋去唤嫣娜。

白公说："嫣娜，我要去了，你能受我的托付吗？"嫣娜感受着空荡荡小屋的凄凉意，仿佛身在沙漠一般，不自觉地便有泪涌上眼眶，说："白公，你待我们这么好，有什么要托付于我的，尽管说吧。"白公就伸手探入怀中，取出一包东西，颤颤地递给嫣娜，说：这是一包碎金子，你拿去，会用得上。我去以后，小蛋就托你照顾了。嫣娜只好接过那包东西，不由得哽咽起来。白公看着她，慢慢地闭了眼。这回，他的魂就自由了，可以继续随着西域的吉卜赛人流浪，紧随着他心爱的姑娘。

在给白公送终的路上，许多事都由一群邻人帮忙处理了，大家都是义务，就像原始部落时代一样，生时，邻里或许不免有些意见，死时，一切皆可原谅。嫣娜在白公的灵前哭了一回，众人都知道了白公生时的托付，都不多说话，犹自去了。

嫣娜家的药铺早已成了国营制药厂的门市部，嫣娜成了制药厂工人，那还是受到居委会主任阿香婆的照顾。小蛋一上小学便戴上了红领巾，品学兼优。回家，嫣娜就教他认药，背一些简单的药方。嫣娜每晚也做祷告，烧一炷香。小蛋就在灯下看她，每每在她念完时，两目相遇，便都会心一笑。

小蛋说："阿姨，你做祷告吗？"嫣娜就说："你想学吗？"小蛋歪了歪脑袋。嫣娜就教他，并说："那不是祷告。""那是什么呢？"小蛋问，嫣娜就摇头。

"那是咒语。"

"什么是咒语呀？"于是嫣娜又摇头，说，"一代不如一代。"嫣娜说的时候，可是满脸笑容，如刚刚盛开的花，分外美，而不像祖母那般严肃。

小蛋就似懂非懂，说："噢，咒语！"

嫣娜告诫他说："千万别告诉别人。"小蛋点头，诚恳的眼神像一泓清水。

日后，小蛋学会了查字典，就找"咒语"这个词，小蛋发现是"封、资、修"的东西，小蛋很害怕，嫣娜教了他的东西，使他不安宁，自觉像犯了罪似的，痛苦的情绪有如虫豸在撕咬着他的心。

小蛋上中学了，小蛋已不爱和嫣娜说话，总远离她。由于敬畏，而倍感压抑。嫣娜伤心地看着他吃了晚饭离家而去，便独自坐在灯下，为小蛋编织冬天的绒衣。

小蛋飞跑着，书包在屁股上一跳一跳的。

他能把毛主席语录倒背如流，他想象着自己一旦成为英雄，那是多么光荣的事，戴着大红花，让一群人为他敲锣打鼓。一想到这儿，他便感到自己又长高了许多。而现在，他要向学校造反派的头目汇报思想，那令他痛苦的思想，作为少先队员，他必须彻底地忘掉那些荒唐的咒语，就像倒掉药滓一样。

嫣娜是巫婆，街坊都知道了这件事，有人就出来揭发，不管是否诬告，揭发坏人再夸张也没有罪。

嫣娜胸前被挂上了牌，被一群小子拉出去游街。有人指着她说，瞧这怪模样的巫婆。嫣娜感到羞耻。有人向她扔石子，她看见小蛋躲在扔石子的人群当中，偷偷地看，两目相遇时，小蛋却没有了那会心的一笑，躲开了，只有嫣娜的一丝笑容，像白公临死前的凄凉意，终退不去地挂着。

那晚，小蛋没有回家，嫣娜把那包碎金子放在枕下，留下字条，出门去了。

嫣娜像一片枫叶，飘啊飘啊，随着瓯江的浊浪，再没有回头。嫣娜像白公的枯草药，妖媚地死去。嫣娜把自己完美的身，献给了鱼。

小蛋漫无目的地在街上逛着，学校里早没有上课，老师都成了坏蛋。这时，小蛋听见九山河里有人落水在喊救命，小蛋跑过去看，周围许多人在看，却没人下水救她。落水的小女孩儿在拼命地喊，凄厉的声音被河水的波浪打断，像一根鞭子抽打在小蛋的背上，钻心地疼。小蛋奋不顾身地跳下去，当他抬起姑娘的头时，发现小姑娘那哀求的眼睛，怎么那样像嫣娜。

小女孩儿被众人拉上了岸，而小蛋却因吃惊而浑身抽搐。众人抬着他奔向医院，都说这是学雷锋的好青年。医生要给他挂盐水，小蛋竭力地摇头，说："不，我要嫣娜阿姨救我，嫣娜阿姨救我。"他挣扎着，浑身因抽搐而抱成一团，全身颤抖着，泪流满面。

一粒麦子

　　每逢星期天，这条街上，从来都是这样熙熙攘攘的。这是一条古老的街道，早在东晋时期便已建成，乃是这座古老的小城的唯一见证者。当年有名的诗人谢灵运在此任太守的时候，据说常爱驾着五匹马的车从这条街上经过，由此而得名"五马街"。

　　我把手插进裤兜里，欣赏着街两旁的建筑物，虽然这些陈旧的艺术品绝非千年的古董，然而毕竟是可以从它们带有西方风格的线条中见到历史风云的痕迹。小时候我常在这条街上玩耍，来回穿梭，可就是从来没有认真地以这样怡然自得的心情欣赏过它们翩翩的丰采，甚至似乎从未发觉过它们的存在。

　　嗬，是的，小时候我常和伙伴们到这些商店里来，望着那些喷香的食品、花花绿绿的衣裳和总是笑脸迎人的洋布娃娃羡慕不已。我母亲常带我到一家布店里买便宜的布料，而我所最关心的，是仔细地端详一会儿那靠近右边柜台上的年轻漂亮的女营业员。她清秀的脸蛋和黑葡萄似的水汪汪的大眼睛，使我至今还依稀记得。我还曾因为她朝我甜甜地一笑而心里感到莫大的满足。今天，也许她早已是五六十岁的老母亲了吧？多么飞快的岁月。

新华书店就在前面了，坐落在最繁华热闹的十字路口，靠中山公园的路面上，警察的岗亭正好对着它敞开的大门。进进出出的，是那些学子。我信步拐进它光线暗淡的大厅，过去这里没有开架让你自由自在地选择所需要的书本，书架前总摆着严严实实的大柜台，里面站着好几个营业员，如果你是近视眼就别想看出书架上到底有些什么书。那时候，我的父亲常拉着我的小手到这里来，在文学艺术类的柜台前一站就是好半天，我没了事干，只好东张西望，可也没有什么值得我注意的事物，只好把目光移到装饰得花花绿绿的图书上，搜索着可爱的图像，由此，渐渐地养成了我对书本的热爱。

那时，父亲常买一大堆的书，一旦他发现好书，便总要多买上几本，分赠给他的几个好朋友，比如杨复叔、明西叔，他们都待我很好。

哦，还有显淼叔。

那是一个很和善的人，一个虔诚的基督教徒和温情脉脉的诗人。不幸的是自从他降临到这个纷争不息的世界上，便带着不可治愈的先天性心脏病，折磨了他一生。几年前，我油印了一本自己的诗集《祈祷与花园》，我在扉页上特地印上"献给显淼叔"的字样，送了一本给他。那是一个春天的下午，小城还残留着料峭的春寒。我找到他的家。他正在院子里晒太阳，沉静的目光停留在一株盛开的玫瑰花上。我迎上前去，向他递上我的诗集。他很惊讶但又很快乐地看着我说："嗬，是东儿。这是你的诗集？多美的封面呀！"他用手轻轻地抚摩着这本小书，不绝地赞叹着，然后站起来，为我搬出一把椅子，"坐下来，孩子。"他点点头说。他随手翻阅着这本小书，非常仔细地阅读着里面的一些篇章。"是献给我的？"他问道。

"是的，显淼叔。"我轻轻地答道。

阳光中我分明发现他露出了一丝欣慰的微笑，我觉得他就像天使，他的心就像永远鉴临并光耀着我们的阳光。是的，当时我确有这么一种幻觉，很美。

那天是他刚去沈阳做了手术回来不久，我问起他的身体，他说前些天很差，一直躺在床上，医生说已到了晚期，不过今天很好，觉得舒服多了。我听了，心里当然为他高兴。他是我父亲朋友当中与我最要好的一位长者，我每次都为他的健康而祈祷，为他哪怕有一些细微的起色而高兴。但万万没料到，第二天晚上就传来他的噩耗。据说他是手里拿着我的诗集而停止了呼吸的。他把我的诗篇带到天国去了，他将在上帝温柔的怜悯中读完它。

一个穿着蓝色毛线衣的小男孩儿忽然撞到了我的身上，我急忙扶住他。他手里拿着纸叠的风车，这会儿掉到了地上。他惊恐地看着我，向他母亲那边跑去。我拾起地上的风车，递给了迎面而来的年轻的母亲。"呀，谢谢你。"她不好意思地笑着，说道。

"没什么，这孩子真可爱，几岁了？"

"4岁了。"她抱起这个娇嫩的小生命，拿过风车，点点头，走了。

我望着他们母子俩幸福的身影，直到他们消失在人群中。记忆尤深的童年的往事，又浮现在我的脑际。回忆，对一个人来说总是很快活的。我的母亲常拉着我，对我说当我出生才11个月的时候，就已经能很好地独自在地上走来走去了。有一次，我母亲一不小心，竟让我跑到街上去，吓得她差点急哭了。每当她说起这类无法使我记忆的往事时，我总是能充分地发挥我的想象力，来勾画出当时的情景。我父亲闲着的时候，还常常说起我小时候如何聪明。他说有一次带我到显淼叔家，把一本书送给他，临走的时候，我在他的怀里直发急，用手指着桌上的那本书，嘴里"诺诺"地发着声，意思是说这本书是我们的，要拿回来。我敢断言那时我肯定给他们带来无穷的乐趣，尤其是没有结过婚的显淼叔，他会多么珍惜我这个婴孩所给予他的欢悦呀。

那时，他家住在南门外护城河边一处名为洞桥底的古老院落，据说是状元屋，跨过大门台是偌大的一个天井，前面是宽敞的明堂，我们方言中说，"明堂要大"，大概就是这个样子了吧。两边是东西厢房。但显淼叔的房间不很大，位于东厢房的一角。我记得他的房间里有许多大书橱，桌上也摆满了书本，还有一些手稿，现在想来，那必是他的诗作，当父亲领着我到他家聊天的时候，他总会塞给我几本连环画，让我坐到床上，然后他俩便开始谈天说地。他房间的光线不很充足，总是很昏暗的样子，而我总爱丢开连环画，聆听着他们的闲聊，因为他们的话题，深深地吸引了我。他们除了谈论文学、艺术，还有宗教，谈耶稣和他的布道，谈摩西的法术，也谈苏曼殊、弘一法师等，以及他们自己的从前身世或教会中的人与事，这些往往比连环画的故事更为生动。我当然不知道父亲笃信基督，虽然他从没有加入任何形式的教会组织，至今也不大去教堂，只在家中时时翻阅着《圣经》。

在那样的岁月里，这可会给全家带来杀身之祸的。

我还记得，他们常常带我出去，到一些教友的家中拜访，每一个星期天的晚上，他们都要带着我到一个朋友的家中聚会。那里有很多人，他们都静静地坐在那儿，听中间的一位长者传布福音书。那个朋友是一个艺术家，但除了星期天晚上他会拉上一曲优美动听的小提琴外，是绝不跟任何人谈论音乐艺术的。我父亲和显淼叔总是很尊敬地称他"张先生"。那些人济济一堂，非常小心。他们每个人都性格温和，热爱孩子。当时那里所有的一切，都是在秘密中进行的。张先生的家是在县前头巷的一座与显淼叔的"状元屋"一样的一间厢房里——是的，这种"状元屋"在过去的温州城里到处都有，是典型的浙南民居建筑风格，据说过去是中了进士的人家建造的式样，因此而有"状元屋"之美称，后来有钱人都这样建造自己的家园，有的还有二进、三进，明堂很大，坐北朝南，东西厢房宽敞明亮。有些人家道中落，就将房子分卖给好几户人家，大部分则在1949年后被革命群众瓜分。

一起居住在他的这个荒凉的院子里的几户人家大概受到张先生品格的影响，都皈依了基督，所以在这个院子里聚会，是很安全的。他们说，是上帝给了他们欢乐和勇气，使他们能在逆境中从容地生活。

记得一个圣诞节的晚上，人们又在那位艺术家的屋里聚会，我看着显淼叔和众人一同低着头，闭着眼默默地祈祷，我猛然感到自己长大了，感到自己终于认识了这个世界，我也低下头，闭上眼睛，但我不会念他们的祷词。就在那四周绝对静默的一刻间，我陡然感到成熟的心一阵不安，一阵忧伤的感情笼罩着我的全身。

那天晚上，我也分到了一份"神赐的礼物"。显淼叔把自己的一份也给了我，因为他没有妻室，更没有自己的孩子，他一向把我当作他自己的孩子。那天晚上，我饱餐了一顿，以渴慕甘泉一般的心情欣赏了张先生那与我同龄的小女儿演奏的一首小提琴曲。我至今还有一个愿望——想学会小提琴，但那将永远只是我一个愿望而已了。

过了几天，我从父亲同母亲的谈话中得知，那位张先生被抄了家。我们都很害怕。晚上，显淼叔也来了，他们默默无语地坐在昏黄的灯下，只听显淼叔温和地安慰我们说："一切都会好的，只要有信心。"我心里感到一阵恐惧，偷偷地钻进了母亲早已为我铺好的被窝里。

但后来，我们都相安无事，只是那位艺术家张先生受了苦。

　　值得庆幸的是，这一切都已成了遥远的过去。我不由得喟然轻叹着，漫步在五马街上。天空阴沉沉的，飒飒的秋风刮着，我感到了寒冷。我搭上一辆公共汽车。秋风刮进车窗，刮到我的脸上。车上的人并不多，我竖起衣领，坐到一个空位上。街道两旁的房屋、树木，都纷纷从我的眼帘一闪而过。时代也总是这样向前不断进步的吧？非凡的岁月过去了，又迎来了另一个非凡的岁月。

　　但显淼叔却撒手而去了。我想天国未必是他渴望去的地方。在他长眠以后，他又将有怎样的人生呢？兴许，他的灵魂会在上帝的花园里得到满足，得到安息吧？在世上的时候，他没有发表过几首诗歌，但谁都承认他是一位杰出的诗人。自从他去世以后，人们却在他的遗物中怎么也没有发现他留下的一页诗稿。我也只在他生前读到过他发表在地区日报上的一篇散文诗。

　　这时，司机按响了喇叭，车窗前，一个小伙子拉着一位姑娘的手，匆匆地横穿街道。汽车从他们身边一擦而过，他们的惊叫声和随后的欢笑声传入了我的耳朵。他们一蹦一跳的形象于我是多么熟悉呀。

　　想起来了，想起来了，那是在一部罗马尼亚的彩色电影中。那年我去看这部电影的时候，才八九岁，但给我的印象却是那么深，甜美的场景历历在目，记忆犹新。电影的名字我忘了，而内容和人物形象却无论如何不能从我的记忆中抹去。故事讲的是一群艺术学校里的学生——他们全是被收容的革命烈士的后代——他们在这个学校里的生活、学习和成长的过程，以及他们的理想、爱情。那男孩儿和小姑娘合奏的小提琴曲再次唤醒了我的灵魂，优美而鲜明的画面以及它的故事深深地影响了我的性格。我简直无法诉说那一份欢乐和忧伤参半的感受，当时我怀着依依不舍的心情离开了影院，真想再看一遍。那小男孩儿和小姑娘的童年以至少年的恋情成了我日后的向往。

那部电影，是显淼叔和父亲带我去看的，在那个岁月里，能够看到这么一部好电影是多么不容易呀。散场的时候，我发现显淼叔走在路上，显得那么有精神，他的呼吸因兴奋而深沉了。如今我才明白这是为什么。那部电影给我的印象太深了，以至于到今天我还怀念着它。

"到站了。"售票员拉开腔调叫道。

嗬，显淼叔虽瘦弱无力，却不是平凡的人呢。听父亲说，当年医生曾预言他活不过 30 岁，可他却奇迹般地活到近 50 岁。如果不是因为那次手术，也许他还不至于那么快就告别了世界。

那是他得知沈阳一家医院能够成功地完成心脏移植手术。他像获得了新生似的高兴。他筹集了一笔钱去了一趟沈阳，医生在检查之后说他的病情可以手术，但非常危险，不能确定。

"没什么，试试吧，"显淼叔坚持道，"即使手术不成功，也可作为一次试验资料，供你们研究，我反正是这个样子，以后的日子给我也不多了，但愿后来者比我幸运。"显淼叔的平静却使医生动了感情。

手术后，他回到了南方的故乡小城，他觉得这一趟旅行很值得，死而无憾。没到一个月，就在我将诗集送给他的第二天，他就安静地走了，像他的一生一样安静。

天开始下起绵绵细雨，天气真不怎么好。去年秋天，我还在南门税务所上班的时候，在一个细雨绵绵的日子里，路过他的家。我禁不住往他的院子里张望，但什么也没有看见。这里早已不见了显淼叔的身影了。我多么怀念他的音容笑貌。我走上一座破旧的小亭子桥，望着地上的落叶在风中凌乱地飘散着。

显淼叔，我一直想，应该为我的显淼叔写一部传记，我想，总有一天我必会完成它的。

少年阿瑞的流浪生涯

一、米豆腐店的姑娘

那年阿瑞不得不去流浪。因阿瑞是地主的儿子，全家被管制，财产被没收。于是他身上只带着 5 元钱和 10 斤粮票就踏上了流浪的征途。与阿瑞一起去的还有两个伙伴，一个是赵明福，小贩的儿子，颇有点钱财；另一个是张学正，立志要成画匠，三人一起同行。那时打零工是被禁止的，但人要吃饭，只好偷偷出门去，身上带着村里的介绍信。

当三人刚到温州车站的时候，他们都感到了放任自流的清新空气，明福建议先去酒馆吃一顿。两人都知道明福有钱，便随他去了。

那天吃得杯盘狼藉之后，也不知是怎样过的夜，第二日，他们便搭上了去龙泉的汽车，明福说："在龙泉能找到工作吗？"阿瑞他们当然不知道。明福指指口袋说："我已经没有几个钱了。"这使阿瑞大吃一惊，说："我出来时可只带了5块钱，你明知没钱起先干吗在温州酒馆里大吃大喝？我还以为你有的是钱呢！"

"不吃它一顿干什么呢？反正总得花吧。"明福说。

学正凑上去悄悄地说："阿瑞，你不是会刻章吗？去伪造几个吧。"阿瑞一听，手脚冰冷。他想，跟这些个狐朋狗友出去肯定会出事，不如弃他们而去吧，就这样，车到龙泉时，他们就分手了。

阿瑞出来的时候，他母亲为他煎了一袋麦饼当干粮。经过几日折腾，这麦饼在袋子里早硬成了石头。阿瑞痛心疾首，但也无可奈何。在龙泉，阿瑞举目无亲，一时难以找到可做的活儿，几天下来，阿瑞的5块钱差不多快花光了，阿瑞便决定去找那两个分开的朋友。在车站口，阿瑞远远地看见衣衫褴褛的学正在东张西望。阿瑞喜悦地迎上前去。学正告诉他说，明福早已打道回家了，阿瑞问："那咱们怎么办呢？"学正说："我告诉过你嘛，去刻几方图章冒充一下吧，肯定没事。我去给你弄一把雕刀来，你身上还有钱吗？"

　　阿瑞摸出口袋里的钱，数了一下，才一元三毛五分。学正说你把钱给我，阿瑞便给了他一元钱，不一会儿，学正不知从哪儿为他弄了一把雕刀来，两人正要走，只见几个戴袖章的人气势汹汹地朝他们而来，一把抓住了学正，另一个要抓阿瑞的时候，阿瑞早侧身挤进人群不见了。

　　阿瑞痛苦地感到如今剩下的三毛五分钱和一把雕刀能派上什么用场呢？

　　阿瑞！阿瑞忽然听到有人叫他，阿瑞回头望去，见是天乐，真是绝处逢生。天乐是阿瑞童年的邻居，阿瑞一问才知，这些年不见，原来天乐凭着贫下中农的身份考上中专，分配在龙泉粮食局工作。

　　"怎么到这儿来了？"天乐惊诧地问。

　　"还不是为了来打工？家里实在待不下去了。"

　　于是天乐将阿瑞带回自己的宿舍，说："先在这儿歇会儿吧，我给你想想办法。你会干什么呢？"

　　"我可以卖力，还可以刻图章。"

　　"行了！"天乐那天召集了一群朋友，说，"今天有个朋友来这里打工，就靠哥几个帮帮忙。这样吧，我这朋友为你们每人刻一方图章，你们每人让他吃一天。"

　　朋友们也够意思，这样阿瑞找到了第一个工作。

　　但这终究是寄人篱下，这印刻得也呆板，这饭也吃得不怎么香。后来阿瑞想，我这里不是有一袋麦饼吗？扔了可惜，便想主意将它们吃掉。那天，他怀里揣着三个麦饼，决意不去朋友家吃中饭，便逛街去了。那天早晨雾蒙蒙的，早春的料峭使这山中小城更显出一丝凄凉，一条小溪盈盈地穿雾而过，炊烟袅袅，阿瑞走在街上，街上行人稀少。一家米豆腐店半开着，一个穿着褪了色的粉红色衣裳的姑娘正在店中忙活，阿瑞走过去说："可以帮帮忙吗？"

　　那姑娘亮着一双乌黑的大眼睛打量着他说："要帮什么忙？"

　　"我有几个麦饼都成了硬石头，我想在你的锅里烘烘热吃，行吗？"那姑娘想反正米豆腐的生意也淡，便说："行。"

　　那麦饼在锅里烘了一个小时了，外层已软，里层还是硬邦邦的，没法吃，便只好继续放在锅里。这一烘便是一个飞快的早晨，直到中午，却正好当中餐。这样阿瑞终于可以不去朋友家吃白食，心里舒坦多了。

　　这样，阿瑞便每天一大早揣着一个麦饼去米豆腐店，没事时就摸出《人间词话》来读，有事时也帮上姑娘家一些忙，一来二回，他们便熟得比麦饼热乎多了，那热烘烘的麦饼有时还成了两人共同的中餐，后来姑娘忍不住问他："你哪来的那么多麦饼。"

"我妈给我做的。"阿瑞说。

"有多少？怎么总吃不完？"

"整整一口袋满了。"

"都拿过来吧。"

"剩下也不多了。"阿瑞笑笑。

"你来这里干什么？"

"做短工呗。"

"是这样，那还看什么《人间词话》？那是本什么书，看你看得那么入迷的？"

"我说给你听听吧。"于是阿瑞便说起王国维的逸闻，为她逐句讲解着作诗意境之说，听得姑娘如坠雾里云中，一张脸红扑扑的像一朵雾里的荷花。

姑娘说中午去我家坐坐吧。阿瑞便答应了。姑娘的家坐落在溪边的水竹丛中，幽谧而美好。阿瑞羡慕极了，说："这要是我的家就好了。"这使他想起了故乡，一股乡愁油然而生。

阿瑞想这样过日子总不是长远之计。当麦饼吃完的时候，阿瑞决定要走了。姑娘说："你去哪儿呢？还是别走吧。"阿瑞说："麦饼也吃完了，得走了，到福建打工去。"姑娘依依不舍地说别走，别走，那声音温存而缥缈。但阿瑞不懂得姑娘内心的语言。

那天阿瑞遇到了一个同乡，那人说，福建蒲城有工可做。阿瑞喜出望外，那人说我带你去吧。于是他们便一同搭车去了蒲城，然后又往前走。阿瑞说那要去哪儿呢，那同乡说，还有70公里路呢。阿瑞说我可没有钱乘车。他们就一直从早晨走到晚上，步行了70多公里路。当他们走到一条大溪旁时，那同乡问他："你口袋里到底还有几个钱？"

其实阿瑞早已身无分文了，但他乐观地想只要能找到活儿干就不怕没出路。就在他们蹚着冰冷的水，走过那座漫水桥，走进对岸的一个小山村时，那家伙不知不觉就不见了踪影。阿瑞这才知道自己受骗了，原来那同乡以为他有钱，想攀着他往前走，不曾想阿瑞也是想托他的福去找份活儿干，他可不想带着这个累赘去混艰难的日子，阿瑞形影相吊，人地生疏。阿瑞望着哗哗水流穿过荒村，如迷途之羊。阿瑞想，还是往回走，回蒲城。

在这陌生的异乡，于最孤独无助之处，阿瑞的凄楚使他对人世的窘境顿生落叶之感，一颗年轻的心因初涉人生的苦旅而隐隐生痛。一辆辆汽车从阿瑞的身旁呼啸而过，任凭他冻僵的双手伸在黑夜中乞求怜悯。阿瑞真想回家，阿瑞真想母亲。阿瑞从没离开母亲这么遥远过。

阿瑞想呀，阿瑞真想米豆腐店里的姑娘，他真想这时她能飞临他的身旁。阿瑞就这样想着她而求得勇气。阿瑞却不知道这就是一种感情，当阿瑞有一天终于懂得的时候，阿瑞已不得不在大地的另一端追忆着往日的姑娘。

当阿瑞回到蒲城的时候，正是晨曦微露，大地一派生机。

阿瑞踽踽独行，没有人请阿瑞打短工，身无分文的阿瑞只得在渡船边兜售身上的一件大衣。那是一件黄色的呢大衣，是身为地主的父亲在南京买的，虽有些陈旧，但是他出门时母亲特意让他穿上的，许是家中所剩无几的一件财产了。

阿瑞已经穷途末路了，他只有卖掉它。阿瑞从这条船跳到那条船上，问问"大衣要吗"。

"不要。"冰冷的回答或无语的沉默使阿瑞灰心极了。足足卖了两天，阿瑞几乎跑遍了所有渡口上的船人。最后阿瑞的大衣终于卖掉了，换来11块钱。当阿瑞拿到这笔钱的时候，他想到的第一件事便是去大吃一顿，他实在饿极了。阿瑞吃饱后，便走到江边，坐在石阶上埋头哭起来，阿瑞哭得好伤心。

阿瑞想，还是回龙泉去吧，那里毕竟还有个朋友。一辆破客车又载着阿瑞精疲力竭地往回走。

天乐说："现在我的工资也所剩无几了，我有慢性肝炎，这是我妈给我捎的糖，你拿去卖了吧。"

"这怎么行？"阿瑞说。

"没啥，你不卖我也得卖它。"天乐挥挥手。阿瑞想，天乐的日子也不好过呀。阿瑞用袋子包了这十来斤红糖便到街上叫卖。阿瑞没有去米豆腐店，阿瑞知道自己根本不可能娶姑娘为妻，他的窘境使他很难过。卖了糖后阿瑞把钱悉数交给天乐，便又在街上逛荡。阿瑞信步走着，不知不觉又走到了米豆腐店门口。其实他心里想呀，真想偷偷地见上姑娘一面，这是一种温暖的渴望。

就在他从店门口一闪而过时，他那熟悉的身影便深深地落入了姑娘的眼里，她飞快地奔出店门，叫道："阿瑞——"

阿瑞不得不停下步来。

"你可回来啦！"姑娘的脸因激动而绯红，"吃过饭了吗？"

"没有。"阿瑞摇摇头。

"来，到我家去吧。"姑娘握住他的手。这时阿瑞也反握住了姑娘的手，死也不肯去。姑娘反倒安静了，眼睛注视着他，柔顺地听任阿瑞将她的手握在手中摇荡着，姑娘的心也随着晃荡起来，如渡口的江水。

"那就在店里吃米豆腐吧。"这回，阿瑞同意了。

这样，阿瑞他俩于米豆腐店里又来往了几日，凑巧，一天当阿瑞又在店里接受姑娘的盛情款待时，姑娘的爹来了。因阿瑞上次去过姑娘的家，她爹认识他。其实那次是姑娘有意带他去见家人征求意见的。她爹眯着眼笑嘻嘻的，一双粗壮的大手重重地拍在阿瑞的肩膀上，说："你回来这么久了干吗不来看看我？"

姑娘是个独生女，比阿瑞大了 3 岁。姑娘作为他爹的掌上明珠，她相中的小伙子当然也令其爹欢喜。

她爹看着阿瑞说，住到我家来，并一再地说，住下来吧。这使阿瑞既害怕又苦恼，他虽未曾知道世间的两情相悦之事，却也知道男婚女嫁之理。他不知道如何报答姑娘一家的盛情相邀，却在思索着，这住下来将意味着什么。

他对自己说，不，他得走，去寻找自己最终的目的地，它注定不在这儿。

阿瑞说："我要走了。"

"到哪儿去？哪儿？"姑娘急切地问道。

"先回家。"阿瑞说。

"你家在哪儿呢？"

阿瑞给她留下了他家的地址。他知道他被管制的家是永远也收不到什么信物的，除非你人来了。

"别走，你别走。"

当阿瑞走的时候，姑娘默默地抽泣着。

那天阿瑞买好车票，这是他用最后剩下的钱买的，天乐将他送出门，就上班去了。阿瑞在车站等呀等，姑娘却始终没有来送他。这使阿瑞很高兴，又很惆怅、很担忧。他忍不住从车站跑回来，拼命地跑回来。却见米豆腐店的大门关得严严实实的。阿瑞只好一步一回头地走回车站去，汽车已经开走了。阿瑞烦恼极了，他再也没钱也没力气买车票了，他丧气地丢下行李包，一屁股坐在地上。

太阳升得老高老高了，车站永远热闹非凡。

二、放排人

溯江而上，山峰一座高过一座，当阿瑞在双井镇打算歇歇脚的时候，他才发现，他已走到了瓯江尽头。这里山林茂密，间有鸟儿的一阵欢快的啾鸣划过长空。

双井镇是个热闹的去处，人来人往中，阿瑞可以发现不少是外来的冒险家，他们总是衣冠不整地到处呼朋唤友，粗亮的嗓音使山林的寂寞在他们的挥手中仿佛有去无回。

阿瑞到达双井镇的时候已是黄昏，正当阿瑞举目四顾的时候，他听见身后有人在向他打招呼："要住旅馆吗？师父。"

阿瑞回过头来，那是一个半老徐娘在向他微笑。当然要住，阿瑞想，便跟了她去。

旅店终于到了，在小巷的深处。这旅馆虽又破又小，但那上面的字却挺有韵味——"澄川旅舍"，写得有板有眼。带他来的老板娘见阿瑞对那几个字望得出神，笑着说："那可是这里张秀才的字，别看我家旅店小，可名气不小，民国时候这里就是本地大人物出入的地方，不过现在是村里集体的产业了。"正说着，旁边一个小男人一闪，带着几声笑，那声音像幽灵，阿瑞听见他说："那时候可是一家大妓院哟。"这话气得老板娘腰肢一摆，小指头杵在那小男人的脑门儿上，随着便是一阵浪笑。

旅馆里闹哄哄的，没有门的浴室里，几个男人在洗澡，都回头盯着老板娘领着阿瑞走过浴室的门口，往楼上去。阿瑞听不懂他们在说些什么，但那放纵的笑声让阿瑞觉得自己像是在干什么坏事似的。

阿瑞的房间有一个临巷的窗口，这使阿瑞很满意，他累极了，待那女人给他铺好床，转身带上门出去，倒头就睡。也不知过了几时，阿瑞在梦里似乎听见几声锣鼓和清唱，脆脆地使夜空很香，阿瑞苏醒过来，这才想起，他该去洗把脸，然后该去找点吃的和喝的了。旅馆此刻却安静了许多，不见几个人影。

阿瑞耐不住寂寞的时光，对着这陌生的去处，真想去见识见识。凭着月光和远处的锣鼓声，阿瑞踏出旅店的大门，循声而去。

双井镇的夜晚是安静的，并透着几分凄冷。但远处的河滩上却灯火辉煌，阿瑞远远地望见那美轮美奂的戏台下，人头攒动，好不热闹。

台上正在演《梁山伯与祝英台》，那昆腔唱得催人泪下，在这样的夜晚尤其入人心肺。阿瑞绕到前排，那里尽是那些一眼可以看出的外地人，全不是本地装扮。他们正津津有味地看着，兴之所至，有时还会手舞足蹈一番，发出几声粗野的叫骂和嘿嘿的笑声。他们见阿瑞过来，竟都横眉竖眼起来。"走开，别挡了我们。"一个大个子叫道，阿瑞退了几步，又有人叫："走开，走开，走远点。"阿瑞不由得气愤起来，但他们人多势众，连本地人也不敢招惹他们，何况只身孤影的阿瑞呢？

这时，一个小胖子蹿过来问："你是哪儿来的？来干什么？"

"温州。"阿瑞说，"我是做油漆活儿的。""同乡啊。"小胖子高兴地说，"你在温州什么地方？"

"永强，你呢？"

"我是永嘉的。"小胖子说。

"那你是干什么来的？"

"我们是来采购木料的，他们都是放排的人。"

"他们都是些什么地方的人，这样蛮横？"

"什么地方的都有。"

小胖子眉飞色舞地说着，然后带着阿瑞往前排挤，对那大个子说："他是我同乡，就给个位子吧。"

大个子好像很看得起小胖子，笑了笑，挪出个空位来，于是阿瑞便有的坐了。

这些放排人，居无定所。

大个子说："看完戏到祠堂里玩去。"

小胖子说："当然。"

大个子咧开嘴，忽然爽朗一笑，卷起袖子给阿瑞和小胖子看。阿瑞惊讶地发现他十根手指头有八根戴着金戒指，且两只手臂上戴满了各种各样男式女式的手表。

阿瑞知道，他们要去赌博，而且他们都是豪赌之人。戏完了，这群人呼啦一声，如潮水般散去，只留下那些本地人和其他一些人，慢悠悠地走。阿瑞来到江边，清冽的江水倒映着黑夜里的小镇，阿瑞远远地望见月光下的对岸，一座座帐篷沿江而立，在江风和树影间竟缥缈起来。这都是那些放排人的简易帐篷，只有三根长料用麻绳扎住立起来，盖上帆布系好，就行了。他们好像北方的游牧民族，但每到一地，却比他们更短暂、更自由。

第二天天亮的时候，阿瑞便上街找活儿做。为了省钱，阿瑞没有去吃早饭。直到阿瑞在东门外找到一家农户给其儿子添新婚的家具，要将一个旧箱子与旧橱柜漆成新的。说定了以后，才回来吃中午饭。这时几乎已过了吃饭的时间。阿瑞走到路边的一家小饭堂，坐下，却远远地看见昨天的那个大个子在等一桌人走后，竟风卷残云地把残羹剩饭在不到一分钟内都扫进了自己的肚子，并拿眼珠子寻找着新的目标时，阿瑞与他的目光不期而遇。

阿瑞很惊讶，但还是说："一起来坐吧。"大个子才期期艾艾地过来，全没了昨天的豪气。阿瑞说："怎么啦？"

"全输光了。"大个子沮丧地说。他手上的戒指、手表竟一只不剩。"但没关系，今晚再卷土重来，我可以押上我老婆。"大个子填饱肚子后，便露出了笑容，他很感激阿瑞的款待。其实阿瑞也是囊中羞涩，一个出门在外、流落四方的人。大个子拍拍他的肩膀，说："我会记住你的。"但阿瑞说："没什么。"

大个子又要了几个包子，回头神秘兮兮地说："阿瑞，你不像做活儿的人，倒像个读书人，你是个好人，和我们不一样。"

阿瑞无话可说地笑着。

大个子问："你有过女人吗？"

阿瑞摇摇头，他不懂大个子的意思。

大个子笑了，说："晚上你到帐篷来吧，我跟你说说。"

阿瑞回到旅店，他想找老板娘说说，他要住一些日子了，他已找到要干的活儿。阿瑞的手艺精，任何客户都能看得上，但阿瑞做活儿又总是有意地慢，这样就可以在一个地方待得久点，并可以借此打探别家的活儿。

在老板娘的门口，阿瑞往门缝里看一下，想看看里面有没有人在，他却看见老板娘正在房间里搂着小胖子亲热，阿瑞亲眼看见小胖子给老板娘戴上一枚金戒指。阿瑞不由得觉得好笑，甚至还笑出了声来，却吓得里面没有了声音。阿瑞赶紧走开，他不想打断别人的好事。

阿瑞跑遍了整个双井镇，才买齐了油料。黄昏，夕阳正红，西天的云彩倒映在江面上，如阿瑞手中的油漆一样。阿瑞满头大汗地坐在江边歇息。这里的江风很大很清凉。对岸，不知几时已搭起了帐篷，帆布很随意地盖上，没有系实的样子，江水如帆布的角在风中一漾一漾的。阿瑞坐在江边，漫不经心地打水漂，有时能打出六七个来。云彩逐渐转黑，在空中迅速地聚拢，像要起风的样子。阿瑞站起来要走。

　　阿瑞走了几步，忽地想起大个子对他说的，他的帐篷在中间第十二个，阿瑞便站住，对着帐篷数了起来，又一下子糊涂了，不知道该从哪边数过来的第十二个才是大个子的，心里思忖：大个子找他要说些什么呢？

　　风在耳边呼呼地响，像个大男人的呜咽。忽然猛一阵风，竟把没有扎好的篷布统统掀了起来，有的被刮在空中，有的被吹落到了地上。阿瑞看见好多个帐篷里那些正在沐浴的男男女女，赤裸裸地站在风中，用手护着身体，发出齐声惊叫，江风呼啦啦地刮着，那些不知所措的男人急忙跑去收拾篷布，竟忘了穿上裤子，而那些女人便只好到处寻找地上的衣裳，慌慌张张地穿，这样的景象，使阿瑞想起了佛利尼的那幅《希拉斯与仙子们》的油画。阿瑞没有看见大个子，他想，现在离晚上还早呢。

　　那晚是个月白风清的好日子，阿瑞一路欣赏着宁静的风光，向帐篷群走去。脚下的青草抚摩着他的脚踝，刚淋过浴的阿瑞晃着湿漉漉的头发，一路哼着小调。望着远山的魅影，他总有种想念《广陵散》的感觉在胸中微微泛动。

　　"喂，到这儿来呀。"大个子向他叫道。他远远地站在自己的帐篷口，阿瑞跑过去，说："让我看看你的家。"大个子笑了，说："今儿个运气肯定不错，下午我在滩边的船下拾到一枚银勺子，你看。"他说着，把银勺子从口袋里拿出来递给阿瑞，说："今晚肯定不会输。"

"你真的要押上你老婆吗？"阿瑞一边观赏着那枚银勺子，一边笑。

大个子笑笑说："你进屋来吧，陪陪她，我要去祠堂了。你今天款待了我，我一生只有你这样款待我的。"

阿瑞还愣在那里，大个子已经跑远了。阿瑞犹豫地钻进帐篷，里面漆黑一片。阿瑞正想抽脚往外走，却听见一个女人的声音说："划根火柴，灯在这里。"

阿瑞划根火柴，去找灯，灯就在他面前。他把灯点亮的时候，却发现一个女人坐在席上，她只穿一条紧身的小背心，肩臂丰腴而黝黑，却滑亮滑亮的，阿瑞想，这就是大个子的老婆吗？但她并不见得漂亮，只是从那一双大眼睛里能体味出一个女人的柔性来。阿瑞觉得她的眼睛很亮，像启明星。其实大个子可从来没有觉得她有一双明亮的大眼。

女人说："没地方好坐，就坐这席子上吧。"女人挪开一点身子，露出半张席子来。阿瑞便坐了。女人说："你是个好人。"阿瑞说："其实大家都是好人。"女人便无话。灯光幽幽的，阿瑞站起来要走，说："得回去了。"女人眼睛盯着他，说："你觉得我不好看吗？"阿瑞极难为情地说："哪里，你很漂亮的。"女人听了，便干脆把背心脱了，看着阿瑞说："那为什么不要我？"那目光如幽幽的灯火。阿瑞惊慌地说："别这样啊，你是他老婆。"

女人便凄凄地笑了，说："什么他老婆呀，还不是他从赌场上赢的，我从来就不是谁的老婆。你今天款待了他，使他觉得自己在你眼里像个人，他就要回请你，他没有别的，只剩下我。原来你真是个好人。"女人说着，那笑容里分明有泪水在闪烁。

阿瑞仍不知所措，但他的心中升起了对这孤苦女人的一种难以名状的怜爱。阿瑞坐在她身边，恳求说："那你穿好衣裳，我就陪你坐着说说话。"女人深情地看着他，默默地重新穿上背心。

"他们的女人都像你吗？"

"万不该就是做他们的女人了，他们是讨不到几个好老婆的。"女人叹口气说着，依偎在阿瑞身上。

阿瑞只是坐着，望着灯。阿瑞想起一句诗来，那就是灯火阑珊处的女人，大约是最美的。

这样不知过了多久，帐篷外响起了一阵脚步声和浪笑声，一群人涌进来说："大个子输光了，还有你这女人。"女人坐着不动。其中一个叫阿龙的走过来说："现在你是我的老婆了呀，跟我走吧。"说着便将她抱了起来。阿瑞叫道："你们不能这样。"那群人都看着阿瑞笑起来，说："你是她什么人？"有人便来推他。那个阿龙回头说："你想要她吗？今晚不行了，明晚来跟我赌一局。"

夜风好凉，阿瑞坐在江边，江面上的星光，让阿瑞想起女人刚才那目光，幽幽地萦绕在阿瑞的脑际，阿瑞觉得像是在做梦。

江水日益涨了起来，听人说这是这一年最后一次涨水了，那是在几场雷雨过后的一个晴朗的早晨，阿瑞在梦里听到一声声唱："放排了——"阿瑞赶紧起身，向江边跑去。他看见那些放排人都在收拾帐篷，水面上浮满了新采伐的木料。阿瑞没有看见大个子，他已顺流先走了。有些人已经下了水，阿瑞看见那女人，站在一只木筏上，正望着站在江边的他，她身边的那个新丈夫正忙乎着。阿瑞还看见小胖子，看见旅馆的老板娘塞给他一条手绢什么的。阿瑞这时发现，那女人似乎向他挥了挥手。阿瑞只是低下了头。

阿瑞目送着他们顺流而下，他忽然想再看一眼那个女人，便沿江奔跑起来。他终于能再次看见她了，看见她挥手的样子，阿瑞也举起了手臂，直到他们消失在茫茫云雾之中。

江水几时竟这般疯涨起来，阿瑞这才想起，昨夜似乎又一场大雨。

三、黑眼睛

起伏的山坡连绵不断，远远望去，分外迷人。一束束阳光从云间播洒而下，一群村人高举着两口棺材，吹奏着《梅花三弄》，穿行于这万道晨光之中，分外鲜明。阿瑞远远地望着他们缓缓地移动着，那两口沉重棺材的首部高高翘起，仿佛在显示着死神不可抗拒的尊严和傲慢。

漫长的山路使阿瑞的脚步变得越发沉重了。山林间渺无人烟，一片寂静，几只孤鸟的急鸣衬着山水的清音，在阿瑞的耳膜上鼓捣着难忍的感觉。阿瑞伸手折下一根树枝，拿在手中挥舞着，像牧羊人驱赶着一群绵羊似的驱赶着自己疲惫的脚步。

"翻过那个山头，前面有一个村庄，我认识那个村长，我给你写张介绍信吧。"

这是阿瑞临走时主人对他说的。阿瑞为他家干了半个月的油漆活儿，主人很赏识他的手艺。

前面豁然开朗了，阿瑞走进这个村庄的时候，努力回想着那位好心的主人告诉他这个村长的名字，最后，他有些恍惚，竟然不能确定，终于想不起来了。

宽阔而整齐的街道纵横交错，可以想见这里曾经是怎样的繁荣，因为从秦朝开始，漫长的官道就从这里经过，遥想当年车马不断，定然人声鼎沸。但而今杂草丛生，人走在路上，仿佛淹没在野草丛中。美丽出奇的石子路两旁，一座接一座的大院挺拔而纵深，飞檐画栋，绚烂多彩。大门都洞开着，院中每一根柱子都有合抱之粗，然而色彩斑驳，颇见岁月了。阿瑞走在路上，奇怪地感到如此一个富丽堂皇的村庄竟不见人影。阿瑞试着走进一家大院，那宏伟的气派使阿瑞如饥似渴，漫步其中，真是一种享受。由于年久失修，一丝空洞的凄凉便随风浸入阿瑞的脊梁。阿瑞茫然不知所措。

这时，阿瑞听见了手杖在石板地上一声一声叩击的音响，犹似木鱼声声。只见远远一个角落的厢房吱呀一声，从里面走出一位老太婆，正注视着他。阿瑞惊恐万状，飞奔着跑出了大院。

"唉，小伙子。"一个苍老的声音在背后叫道。阿瑞不由得停住脚步，忙回身行礼问道："老人家，能告诉我这里的村长在哪儿吗？"

"你找旺仔呀，他们都在前面大庙里呢，你往前走，在第二个路口往右拐就能找到他们了。唉，作孽哟。"老人说着，又战战兢兢地走路了。哦，旺仔旺仔，这回可得记住了。

当阿瑞找到大庙的时候，正是秋天的风送着茅草的花絮漫天飞舞的辰光。阿瑞在大庙的门外探头探脑，他听见了一片呼喊声，却杂乱而无力。阿瑞能看见一群戴着袖章的人正在批斗一个脖子上挂着六个酒瓶的中年汉子。那六个酒瓶用铁丝捆着，铁丝深深地勒入那人的肉里。

阿瑞拉住一个人问："旺仔在吗？"

"找旺仔？"那人打量了阿瑞一眼，抬头叫道，"旺仔，有人找。"

旺仔便走了出来。

旺仔读了阿瑞的介绍信，笑道："来做油漆活儿，这里有的是，但得先看看你的手艺呢。先到家里再说吧。"回头打着招呼，便领着阿瑞走了。

路上，阿瑞问："那被批斗的是谁？"

"大队书记。"旺仔说。

"他怎么啦？"

"他会喝酒，资产阶级作风。"

阿瑞于是知趣地转个话题，说："这里的房子真大。"

"啊，这里原先住着许多地主和富农，住这里的农人几乎都有自己或多或少的土地。日子过得很富裕。后来开战，这里的人死的死、逃的逃。这地方现在穷呀，你看前面一片坟堆，那边的土地肥呢，可没几人种。不过你放心，你的活儿若做得好的话，工钱是不会少给你的。"旺仔说。

当阿瑞随着旺仔走进他家的时候，阿瑞看见一个女子正盯着他看，她的眼睛很黑，黑得能使人做梦。

"这是我小姨子。"旺仔一边向阿瑞介绍着，一边回头对那姑娘说道："秋香，他是来做油漆的。"

小姨子大胆地看了看阿瑞，笑了笑，那笑是多么灿烂呀，她那一排雪白的牙齿使阿瑞感到了陶醉。

"来师父了吗？"从里屋走出一个女人，极像这秋香。

"她是秋香的姐姐，我妻子，叫夏梦。"旺仔热情地说，"我家被烧了，我从小就住在她们家打工。"旺仔的坦诚使阿瑞有了几分感动。

"爹。"旺仔叫道。一位衣着朴素而整洁的老人走了出来。"这是油漆师父。"旺仔说。

"哦。"老人点点头，打量了阿瑞一下，说，"他们不久就要到这儿来了。"说得阿瑞莫名其妙。

后来，阿瑞才知道，这老人是这里唯一留下的一个富农了，他不愿离开这片故土，土改的时候，他很自愿地将祖上在城里卖糖辛苦赚钱回来购置的田产充了公，村里人大多对他没怀什么恶意。但据旺仔说，近来他有些神志不清了。自从书记挨了批斗以后，他每天都要重复着这句话。

当一轮满月在天空中很荣耀地注视着大地的时候，村里的女人们都聚集在旺仔的大院里，锣鼓声声，欢声笑语在这寂寥的山村里回荡着，飘得很远。阿瑞借着月光，很清楚地看到大队书记脖子上依旧挂着六个酒瓶，迈着艰难的步伐走回家去。

当阿瑞走出房门的时候，一群女人围住了他，善意地戏弄着他、挑逗他。这其中，夏梦和秋香的黑眼睛最亮，那充盈在她们黑眼睛中的柔情弥漫在夜色中。这是一个喝擂茶的夜晚，以表示她们对"师父"的欢迎和热爱，所有的姑娘都打扮得花枝招展。秋香为阿瑞端上一大碗的擂茶。阿瑞必须喝了它。

这种茶是将茶叶在水中磨碎，加入生姜、芝麻以及别的什么调料，然后冲入滚热的开水。一股清香在阿瑞的鼻尖游来游去，然而那不冷不热的茶水在这种使阿瑞窘迫异常的境况中叫阿瑞喝起来很不是滋味，那些磨榨出来的茶油淡淡地浮动在水面上，阿瑞只得闭上眼睛喝了它，喝得够呛，惹得四周的女子们热烈地哄笑起来。她们围着一堆火，跳起了山乡的舞蹈，笨拙的阿瑞被秋香牵着手，阿瑞的心情终于舒展开了。火映照着秋香的脸，阿瑞能深入地看见秋香的黑眼睛。

当姑娘们喝着茶水，做着各种欢乐游戏的时候，秋香拉着阿瑞偷偷地跑入林中，坐在干草垛上，阿瑞向她讲述着自己流浪的生活，回忆使阿瑞很伤心。阿瑞的故乡在东海岸边。原来是个颇富裕的乡村，如今却穷愁不堪，他的父亲是地主，整天被吊在木头架子上批斗，阿瑞不得不偷偷地出外打工，在穷乡僻壤转悠。阿瑞的伤心深深地感染了秋香。

"知道吗？过些天我就要出嫁了。"秋香忽然说。

"是吗？"

"我不想嫁给他，但是没办法。"秋香的眼睛里闪烁着星光。

"这又为什么？"阿瑞不解地问。

秋香却不说了，只抬头看着天空。许久后才轻轻地唉了一声，说："我想喝水。"

"我去提茶。"阿瑞站起来说。

秋香一把抓住他，说："别，到溪边去打一罐水来吧，那边有罐子放在那儿的。"

当阿瑞提着一罐水匆忙跑回来的时候，却见秋香躺在干草垛上发呆。

"给你水。"阿瑞愣愣地站在那儿，说。

"你喂我吧。"秋香向他伸出手。

"可是，不，你……"阿瑞说。

秋香看着他的样子，咯咯地笑了起来，黑眼睛一闪一闪的。

清晨，天刚蒙蒙亮的时候，阿瑞就起床开始干活了，一双小银环仍在他的眼前闪闪发光，阿瑞感到不可思议，甜美得不可思议。这个村庄使他都感到不可思议。他准备好了各种工具，然后深深地呼吸着自由的空气。

这时，他听见了一声女人凄厉的尖叫。阿瑞愣了一下，马上意识到什么，便赶紧往发出叫声的地方跑去，那是不远处的两间大牛棚。阿瑞抬头看见一个人被吊在一间牛棚的梁上。那是大队书记。他以这种方式结束了自己的生命。

这时，村人和旺仔一家都跑来了。然后，秋香又尖叫起来，扑倒在阿瑞的怀里。人们在旁边的那间牛棚里，又发现了秋香的爹也吊在了梁上，仿佛他们是相约在昨夜一同吊死似的。

渐渐地，村民们都忙碌了起来，有些人为他们流出了眼泪。他们做了两口沉重的棺材，阿瑞将自己油漆的所有本领都化在了这两口棺材上面了。只有秋香没哭，她的大眼睛更黑了，更美了。阿瑞也没哭，却为秋香的黑眼睛流出了真诚的泪水。阿瑞默默地油漆着，他有一种幻觉，仿佛是在油漆着他自己的棺材。

过了些日，秋香出嫁了。阿瑞目睹着那些为秋香爹送葬的村民们吹奏着同样的曲调在欢送着出嫁的秋香，队伍蜿蜒漫长。阿瑞听着那曲《梅花三弄》吹着吹着走了调，把曲调全遗忘了。阿瑞背起行李，颠了颠后背，觉得轻了许多。

寻找城市

一、黛娜

这大概就是 30 年前我来过的城市，我应该非常熟悉它的每一条街道，每一幢大建筑物。我记得这里都是些鸡啄豆腐也不管闲事的人，他们好自为之，人人如此。

此时的天空飘起了绵绵细雨，黄昏正迫近我的路程，我感到我生命的旅程也该在这最后的时光消耗殆尽了。一种紧迫感，毫无道理地从我的身体中升腾而起，发出黯淡的光辉。

前面该是周宅祠巷，那里有一座教堂。

神父那愚蠢而和蔼的神态至今历历在目。我们曾经多么憎恶神父所从事的职业，但现在我多么渴望能够在这神殿的荫庇之下躲过这阵雨，而且看来雨还会下个不停。

　　我不知道它是不是那个属于我的城市，从火车站一下车我就想。这里没有我的亲友，对于这个商业发达的小城市我又确实没有利润可赚。我的内心深处，也许只是想再看看它，就像看望一个老朋友似的。

　　这里埋葬了我的童年时光，也埋葬着我的一腔青春的思念。

　　神父的小女儿黛娜是我的小伙伴，我们经常到湖边拾树叶，让它们在湖面上优美地漂荡，像只小舟，载着我们的向往。我们常趁神父祷告或者读书的时候，偷偷地溜出去。看守教堂大门的老厉伯会抓住我们。我们就去钻教堂后院围墙上的小洞。然后我们就跑到松台山上去，倾听着脚下妙果寺里的晨钟暮鼓，看教堂屋顶上的十字架在我们的脚下金光闪闪。

　　现在，教堂的墙壁已现出斑驳的衰老姿态，铁门早已生锈。我不知道神父是否还在人世，或许他女儿也已老朽不堪，再不是当年那个调皮漂亮的小姑娘了。嗬，她曾是一个多么让人倾心的女郎啊，20 年后，当她出落得像个出水芙蓉的时候，她的每一声轻轻的呼唤都使我心醉，也只有她会这么轻轻地呼唤我，也只有我会被她这么轻轻地呼唤。她的音容笑貌，在我的一生中留下了多么甜美的回忆、多么深刻的内涵。

　　我还记得小时候，她对我说过："我嫁给你，你愿意吗？"

那天我们是在枫叶丛中，在松台山上。

"给我当老婆！行啊，现在就开始吗？"

"好的。"她挽过我的手，说，"像他们那样，我们得先亲亲嘴，然后到教堂里宣誓。"

我们偷偷地在十字架前不伦不类地拜了天地，像和尚在佛殿前。嗬，让上帝做证，这两个孩子的确诚心诚意，绝没有半点邪念企图嘲弄神的法律。

那时候，我6岁，她8岁。

在细雨蒙蒙中，一辆红色菲亚特像黛娜的旱冰鞋似的滑到我的身边，向我打开车门。我不由自主地坐到那温暖的车座上，我发现司机是个妙龄女郎。

"去哪儿？"她问我。

"让我看看这座城市。"我说。

女郎莫名其妙地看看我，漫不经心地开着车。

我由衷地觉得这座城市于我竟是这般漠然，分明是我来过的地方，分明是我童年生活过的故乡，我却不能认识它。我像永远是在陌生的城市里旅行、生活。这种千篇一律的城市街道，它是那么崭新而陌生地展现在我的面前，我的过去呢？人有回忆，城市却没有怀旧之情，它日新月异。

"你来旅游？"女司机问。

"不！"

"探亲？"

"不！"

"出差？"

"不！"

"那为什么？"

"30 年前我离开了它。"

"哦，是重返故地。"

"是寻找故乡。"

"叶落归根？"

黛娜！我想起黛娜。那年，当你远嫁的时候，你是怎么说的？"忘了过去，也许 20 年后，我们还可以重逢。"我们曾相约在 20 年后，而如今 30 年过去了，你我却都未曾实现我们的诺言。

那时，神父已经被愤怒的革命群众驱逐出了教堂，它后来成了纺织工厂。宽厚而迂腐的神父背着上帝的十字架和训诫，为神职而受苦受难去了。

曾经多少男士拜倒在黛娜的石榴裙前，然而她高傲的断然拒绝使每一个追求者都怀恨在心。

小时候，我和黛娜也唱过这支简单的不知开始流行于什么年代的民谣，如今它却成了一种卑鄙的发泄。

她全家住在教堂边的角落里，但她仍然保持着不可侵犯的神态，她粗布的衣裳仍然整洁美丽，更为她增添了朴素的风韵，纯洁而富有尊严。她安然地面对，默默地在火柴厂做工，维持全家的生计。

嗬，上帝不能保佑你们。

那时，我多么渴望投身于火热的革命中去，让自己的理想得以实现。我疏远了与黛娜的关系，因为腼腆的生性不能适应这四周浑浊的空气。

在她被迫远嫁的时候，我意外地收到了她的一封信，上面写道："我多么想为你终生保持我纯洁的身体。"

我多么希望她能等我，等我实现了我的愿望，到那时我就不会再惧怕，勇敢地拉住黛娜的手，因为我毕竟对她怀有深切的挚爱，我始终不渝地默守着孩提时的宣誓，因为它深深地铭刻于我的灵魂深处。他们没有理由嫉妒我。

我背上包袱，我要远离这喧嚣的人世，去西部开拓新的世界。我一样是在为某种信仰而忍受了大自然恩赐于我们人类的苦难，创建我们辉煌的事业。

菲亚特又重新绕回了教堂的前面。

"30年前，我曾住在这教堂旁边。"

"哪儿？是右边还是左边？"

"后面。"

"呀，我爷爷也在这教堂后面住过，可惜他已去世了。"女司机惊讶地叫道，回头亲昵地打量着我。

我仔细地看了她一眼，我的心为这瞬间的目光所震惊，这眼睛、这鼻子，多么似曾相识。

"黛娜！"我几乎是激动万分地叫道。

"她是我母亲。你认识她？"

"没想到女儿也这么大了，你母亲呢？"

"早就去世了，在我3岁的时候。"

"怎么回事？"

"不知道，大概病的吧？据说是神的惩罚，我爷爷过去是这里的神父，听人说，她离去的时候，一直呼唤着一个叫小蛋的名字。"

她永远叫我小蛋！那个光屁股的小男孩儿。小蛋，他现在在哪儿？你又在哪儿？黛娜！在上帝的膝上，你该享受到阳光的温暖了吧。

此时夜幕降临，街上灯火通明，我起身走进教堂，她也跟着进来了。我忽然气愤地回头说道："这里原先不是这样的，十字架应高高地悬挂在我们头顶，而不是被画在墙壁上，那算什么？"声音在教堂里回荡着。

"我没有记忆，在我懂事以来，它一直被画在墙壁上。我不管这些闲事，反正都是一个样，世界永远就是这样，变不到哪里去，它是那么小。"她摊开手说。那傲慢自得的神态，那语调、那声音，多么像她母亲，简直一模一样。

世界的确没变。

我回身向门外走去，我要去火车站，我想我得马上走。

我找不到那个属于我的城市，我到处寻找，每到一处，都无法逃脱失望的阴影，这里不是我 30 年前来过的城市。我的童年时光，是在哪儿度过和消失的？

二、基达的帐篷

她又出现了。

不管怎样，她毕竟是光彩夺目地出现在门口，晚风吹拂着她浓而密的长发，吹拂着她黑色的紧身连衣裙，使咖啡馆里几乎所有人都转过头来，注视着她高贵超凡的形象。每个人的眼里都蕴含着极其复杂的情愫，诧异地打量着她，仿佛她是从天而降似的。

在大门被她推开的那一瞬间，她美丽的大眼睛里似乎有一种无限的沉郁和冷漠，在她的脸上展露出鲜艳的色彩。这是多么不协调的景色，仿若痛苦与欢乐在一个人的心中同时并存，又如白昼与黑夜同时在我们的眼前展开。我的心被一种恐惧和不安所占据，为那一种汹涌而又腼腆的冲动所驱使。我仿佛觉得这世界变得何其反复无常，让我神魂不定。

她又出现了。对于她的出现，我总有一种预感，一种浪漫而感伤的预感，但并不是一种不祥之兆。因为，在冥冥之中，我是多么希望她再次出现，我的心就是在这种期待的焦虑中艰难地度过，仿佛偷渡的舟，自有无穷的向往。然而在此之前，我们似乎并未见过。

在她出现的时候，我就这样地注视着她，像所有的人一样。甚至于在她傲然地从我的对面走过的时候，我觉得我微微地欠动了一下身子，似乎有一种向她接近并拥抱她的想法。我终于感到我是多么可笑，我感觉到了我笨拙和毫无风度的举止。在这个咖啡馆里出入的人们也许跟我一样贪婪，因为美对于任何一个人都具有一种奢侈的诱惑。无论男女，也许这是人类的天性，它既带有极度的原始性，又一度触发了人类起来反抗原始的蛮荒，从而走向文明的未来。它征服并占领了命运广阔的土地。

我从此感到自己存在的正确性了。

18 年前，当我还是一个学童的时候，我热爱奔跑在这座小城的大街小巷，我常常为了躲避先生的训斥和父母的管教，总是背着沉甸甸的书包在大街上溜达。学校对我来说简直是一个巨大的熔炉，而我偏不愿被铸炼成所谓的钢铁。于是就在这条大街上，我发现了她的存在。正当我像刚才人群注目于她那样惊讶地抬头仰望着街道两旁陈旧然而依然不失其精巧的建筑物并信步走进那家古老的百货商店时，我一眼就望见了她。她的身躯是那样瘦削单薄，然而黑而亮的大眼睛，使我不能忘却。

"我得记住她。"我在心里这样对自己说。虽然，我那时是个逃学的坏学生，但我并不淘气，即使诚惶诚恐地在街上疯跑，也忘不了待人必须和气的古训，依旧是文文静静的。人可以同时在两个矛盾甚或更多的矛盾中自由自在地生活。

从那以后，我几乎每天都逃学，每天都钻进这幢百货大楼去寻觅那个大眼睛瘦削单薄的小女孩儿。但只是一种奢望而已，人海茫茫，何况一个小小的女孩儿？枉然和徒劳的沮丧之感弥漫了我的整个身心。

此时，我看见她手里拿着长筒袜，在沿桌兜售，在她沉郁的目光当中，堆积着一抹微笑，同她手中的长筒袜似乎一样廉价，一样为人不屑一顾。

　　咖啡馆里的人们对她的长筒袜并不感兴趣，几位衣着体面的中年汉子甚至由此而对她的美貌存有某种恶感和惊惧，故意地摆出一副傲慢和成熟的偏见，将目光远远地避开，却又偷偷地窥视。嘴里念念有词，像远古的祭司，像狂热地崇拜清规戒律的异教徒。他们的脸被酒所烧红，在这光彩夺目的美色面前，他们是何等的丑陋，他们不敢正视亭亭玉立的人儿，因此，他们的恶便由此迅速地从他们的杯中滋长起来。

　　当她在两个谈兴正浓的顾客面前停下脚步，并拿出长筒袜向他们解释着什么时，他们竟惊恐地尖叫起来，挥着手，低吼着呵斥她离开。

　　我注视着她，瞻仰着她圣母般的光华，她明朗的微笑中的那一丝隐含着的愁苦和悲哀，对于人们的拒绝，我的心中总有一种异乎寻常的愤懑和无奈。

　　那是一个阴雨绵绵的日子，我终于惊奇地发现了她，那是父亲带着我去码道上找他的一个旧友。在那肮脏的码头边，我认出了这个瘦削单薄的小姑娘，她蜷缩在潮湿的墙角，脸色沉郁而苍白。我驻足凝视着她，脸涨得通红。她也看见了我。她毫无畏惧地正面看着我，我们幼小的目光彼此在空气中相遇，交汇互融，我的心"怦怦"直跳，这种激动的情绪在我以后的岁月中很少再有过。

终于我躲了起来，我害怕她无所畏惧、凛然不可侵犯的目光，一个小女孩儿与我面对面相视的目光。我害怕这种纯洁然而肆无忌惮的诱惑。我躲在墙柱的背后，看见了她被一个衣衫褴褛的村妇领着，登上了一艘正待启航的轮船。我发现她还回头看了一眼我站过的地方，那怅然的目光像在寻觅什么。

也许我们的岁月就是在这样的不经意中飞驰而过的吧，多少世纪以来，留给人们的只不过是一些零星的回忆。

她并没有向我的桌子这边走来。我依旧是在比较远的距离注视着她的一举一动。在我的眼前，仿佛所有的桌子和喧嚣的人群都消失无踪了，只有她手持着一朵几近凋零的菊花，孤独地伫立在台上，强烈的天幕灯照耀着她的长裙；她的头上戴着一顶桂冠，泪珠垂挂在她绯红的脸颊上。

我思念着你。思念天空。

她依旧兜售着长筒袜，但没有人理睬她，几个轻薄的小伙子嘻嘻哈哈地笑着，拿鼻子在她的身边嗅着，像猪猡在野玫瑰旁拱嘴，像狗在沿街觅食。

终于她看见了我，目光有点迟疑。

"到这边来吧，我在等你，亲爱的。"我简直就要喊出声来了。我感到焦虑，感到困乏。

她向着我走来，在我的身边坐了下来，轻声地问道："你似乎一直在注意我，是吗？"

我惊讶于她如此得体轻柔的话语。我觉得她是那样的高雅、可爱。因此我忘了向她打招呼，只是莫名地点点头，我有些不知所措。她开心地微笑起来，问："要一双长筒袜吗？很便宜。"

"还记得我吗？"我贸然地问道。

"什么？"她惊讶地看着我。

"在西城街后的码道上，你蹲在角落里。还有广场边的那家老百货店，你不是去过那里吗？那时候我还小，你也很小，像个小不点儿，脸色苍白。后来，你被一个村妇领走了。她是你母亲？"

她迷惑地看着我，显然，她早已不记得了。岁月悠悠，谁会对过往的日子流连呢？只有闲暇的人才会怀旧。但怀旧可以使劳累的生活变得稍微轻松些。她真的是那个小姑娘吗？百货店里的小姑娘？抑或是码道边的小姑娘？

"那么，你的长筒袜多少钱一双？"我问道。

"5块，还可以再便宜点给你。"

她急忙拿出一双，递给我。包装的封面上印着一个女郎婀娜多姿的风采，挺精美。

"便宜多少呢？"

"就 3 块吧。"

我不想讨价还价，可我又忍不住说："两块五怎么样？"

"行。"没想到她很爽快。

从咖啡馆里出来，我觉得风有些沉重。也许是我喝了点酒的缘故吧，竟有些飘飘然起来。她使我迷惑。她稍纵即逝，犹如幻觉一般。

第二天，我将这双长筒袜送给母亲，她笑着说："你肯定被骗了。"

的确，没穿几天，这双长筒袜就破了。我请求母亲不要扔掉它。我愿意将它连同那有着精美封面的包装一起放在我的书桌上。因为在我感到被欺骗的苦恼的同时，忧伤与向往依旧与我同在。这是多么奇妙的感觉。

三、燃烧的房子

我不能辜负一个美丽女子的温柔的嘱托，在我的内心深处，我有一种莫可名状的冲动。我必须，是的，我必须来讲述那一段困惑的往事，让所有的人来了解这个故事的开端和结束，以宽恕一颗真诚的心所犯下的错误。

你永远站在我的面前，你将变成一座雕石，在岁月的蛊惑中被风化。你将遭到外力粉碎性的折磨。嗬！这绝不是耶利米当年的预言，这是忠告。一个干枯的老头在他的弥留之际吐露的心声。你必须真切地去认识它所预示的结果，因为当你也面临死亡威胁的时候，你将不得不为此而黯然神伤。

我来到窗前，于是一片漫无边际的荒原便在我的眼前一览无余地展开。夕阳如殷红的血在天际汹涌澎湃，乌云如愤怒的野马密集在落日的周围。多么浩渺的天空，何其壮丽的霞辉！黑暗在蕴藏着美丽的梦幻，在昏昏将晚的时光中孕育着巨大的力量。

我不是乌云！

我站在茫茫的荒野，黑暗笼罩着我，笼罩着这个渺小的人体，仿佛它在沉落，沦入年轻巫女的诅咒之中。地球嗬，我为你的不幸而深感悲哀，在你的运行中，在你冥冥的运行中，你竟永远无从了解你的力量的主宰。于是你便只能这样消失。在那位巫女的手中，被她轻蔑地扔进汪洋大海。

渐渐地，在黑暗的中央，升起一束鲜红的火光，它映亮了我的瞳仁，照彻了我的深心。森林只留下鬼魅的影子，一幢幢虚无缥缈的轮廓，在风中摇曳。

那是一幢房子，对，就是那幢房子。夕阳就从那幢房子中升起，然后在那幢房子中沉没。

我向它走去。我能在这凄厉的色彩中听见迷人的音乐，我能闻见从那幢房子里飘溢出的沉郁的酒香。

嗬，那是灭亡的征兆，那是……什么？

她就是这样出现在我的面前，素白的裙裾随风飘扬，在流动的黑暗中，我吟着她的名字。

"你为什么来这儿？这儿不是你应该来的地方。"她温柔地说。

嗬！我的梦于你何伤？

她哭了。泪水盈眶。她抬头望着我，"你怪我吗？"她凄美地说。

不！

骄阳如血。

我俯首亲吻了她。亲吻了她哆嗦的樱唇，一种冰冷的气息在我的体内渐渐地消融，她惊惧地谛听着夜鸟的梦呓。就像一朵白云，她离开了我的拥抱，飘入了黑森林。然而，就在她消没的刹那间，她回眸望了一眼痴迷的人儿。那清亮的目光便永远地化成了我头顶的月光，伴我消磨无奈的终生。

我向房子走去，我不相信那永远是一间燃烧的房子。我爱它，它就如我亲手筑的巢，是一个温暖的家。

然而，陌生的门虚掩着，我目睹了一对恋人在屋中的蜜吻。嗬，这简直是不可饶恕的罪恶，偷窥情人的密约，这是何等的卑鄙和可恶。我看见了那年轻的男子俊美的面孔，坚毅的线条和深邃的目光。我也看清了那女子的娇美的情景，仿佛我也能感受到她的温情。

嗬，天，那男子竟酷似镜中的我。

我拾起一片落叶，拾起千年春秋的风风雨雨。

这是一个极限，肯定的。

当我第二次走近它的窗前时，我望见了一个沐浴的少女，她如玉的肌肤从窗的缝隙中展现了无与伦比的柔美，她一声水中的轻叹掷地有声，叩醒了我沉睡多年的心，顿悟了美丽的青春。我的泪水随着她的一声轻叹掉落在地上，只这一滴泪，竟也足以惊醒沉迷中的姑娘。她惊讶地撩起了窗帘，凝眸睇视着我，风吹干了她身上的水滴。

她嫣然一笑，如一朵玫瑰坠落在池中。

四周是无穷无尽的黑暗。

　　唉，母亲。

　　我想起了母亲，想起了几十年前的母亲，美丽的年轻的母亲。她牵领着我走过公园的小拱桥，她握着我的小手，也是这么嫣然的笑容。生命的轮回是多么可恶可憎，几十年只是俄顷的时光，就在你回眸一望的刹那，风雨交错的昼夜便剥落于荒芜的地下，什么也没有留下。

　　唉，母亲。

　　我想起了母亲。想起她是如何在我的梦中，被可怕的妖女关进凄凉的冷宫，而那妖女却化成我的母亲，我曾决心拯救我在这世上唯一的爱。但那是枉然的行动，幼小的心灵，稚嫩的手，一个不足8岁的孩童，如何能够在群魔的手中夺回那一个嫣然的笑容。

　　去吧，让泪水流成一条不足五里的河，然后在沙漠中枯干，让旅人在它的昔日的河床中等待死亡不可改变的莅临。

　　这是仲夏的黄昏，骄阳炙烤着每个人的心思。而我于是便向往黑暗，向往那在黑暗中升起的房子。

　　我受到了前所未有的欺骗，为什么不呢？我甘愿在我的欺骗中寻觅真诚的回应。在那莫可名状的冲动中，我真想去体验一番死亡。多么令人神魂颠倒的感觉，正如我想去体验一番她的烈性。

一个女子的烈性是多么妩媚、多么强烈，这能使你在困惑中激动不安，它能使你忘却巨大的耻辱，能使你在孤独的守望中感到震撼。

她就这样迎接了我，没有惊恐，没有手足无措，不曾有丝毫的慌乱侵扰着她无比平静的心灵。这使我想起印第安的女子，一个酋长的女儿，她勇敢地接受了战斗英雄的求爱，远嫁给南方的部落。跨上北美洲的骏马，在自由的土地上奔驰，山川为她褐色的肌肤所迷惑，阳光为它的创造而自豪。

这就是她，我们承领着她的恩惠，世代繁衍生息在她的土地上。

然而就在我们彼此沉醉的那一时光，一只蜘蛛在她娇嫩的腿上轻轻地咬了一口，谁也不曾知觉那恶毒的仇恨！那是一只剧毒的蜘蛛，它是命运的卑鄙的刺探者，从此一个疤痕便永远地留在了我的命运的上空，让孤独的阴影伴随着无穷无尽的岁岁月月。

她就这样在我的怀中长眠不醒。但她绝不会腐烂成可怕的尸体，也不会如埃及的女王，化成僵直的木乃伊。她的灵魂永远地依附着她的已经死去的肉体，永远美丽。

黑暗在我的面前漫无边际地展开，就如悲哀化作音乐回荡在清澈的河川之上。那是一个永远荒芜的原野，森林在它的边缘摇曳着虚无的影。

在这荒原的中央，升起了一幢燃烧的房子，它的火光照彻了我的心，照彻了我不安的灵魂，却照不见我的旅程。我走过了那虚掩的门、那敞开的窗。在我的眼前，总是能够反复地重现着过去的一切，重现着现在，以及未来。

嗬，那是夕阳升起和降落的地方。

在我的上空，飘扬着不落的旗帜。

骄阳如血。

人在江湖

1

母亲决定让我跟着赫叔做生意。

赫叔是一个电器作坊的推销员，他愿意带着我去山东。

那一年，我 19 岁。

那是我人生的第一次远行。

赫叔有一张孩童般的脸，他总是微笑着，似乎这世界充满了快乐与安详。

1988 年的冬天，温州通往外埠的道路只有一条省级公路。没有铁路，更没有什么机场航班。陆上的交通繁忙而艰苦，因为山路崎岖又漫长。那时从温州出去做生意的人很多，他们卖鞋、打火机、服装、电器、阀门等。路上都是温州人。

赫叔选择走海路。那时温州码头有通往上海的长途客轮，抵达上海需要 22—24 小时。但是相比之下，从海上走虽然时间长，却要安逸一些。去上海的客轮名曰"民主号"，这是温州海面上最大的轮船了。因此在温州留下了一句至今流行的俚语："民主轮船掉头。"表示物体太大而掉头缓慢。

穿过麻行僧街，瓯江码头上也是人山人海。

我们在码头上等了很久才买到两张去往上海的船票。

我的身上背着沉重的货物，是那种小型的电话交换机，大约有 20 台，外面套着麻袋，捆得非常扎实。我的左手提 9 台，右手也提 9 台，一边的肩上再扛 2 台，另一边还有我的简单的行李。而那些装着交换机的皮箱，里头是硬纸板糊的，外面包着一层金色喷漆的皮革，看似漂亮，实际就是劣质的假皮箱，一不小心就会散了架。

码头上人来人往，在我看来，他们的表情大都木然而悲戚的样子。行色匆忙间，他们或下意识地抬头看看灰蒙蒙的天空，或者用疑惑的目光看着身边的旅人。没有人会相信你说的话，如果有陌生的人对你开口，那么他不是骗子，就是小偷。"你要处处小心，如果有人问你，不要告诉他实话，不要暴露自己的身份，别告诉他你从哪里来，又往何处去。"赫叔对我说。

我说，那我将怎样回答他呢？沉默吗？"不，你可以随便编造，比如对湖南人说，我们是上海的；对上海人说，我们是福建的。我们是运东西的，我们是工人，很多问题我们不知道，或者不了解，让他们去猜吧，他们永远也猜不到。"赫叔说。这样看起来，我们倒真像是犯罪的，是骗子，是小偷，至少是两个衣着整洁的逃犯，正如那些人所要提防的。那时候赫叔还不是有钱人，他还没有在电话交换机的贸易中发财，但很快，他将成为一个暴发户。而我似乎永远只是一个不争气的随从，就像堂吉诃德身后的桑丘一样。

2

船在海上游荡着，恍若游魂。而一切对我来说都是新奇而有趣的。我在甲板上散步，海风叫我想起高尔基诗歌中的海燕。而我看到的却是成群的海鸥在码头上飞翔。船渐渐地远离我居住的城市，远处则是一片灰蒙蒙的海平线。海鸥的鸣叫引来了女人的笑声，我转身看去，却是一个并不漂亮的时髦女人在船舷边上摆着动作，一边的情人正殷勤地为她拍照，大约是希望捕捉到海鸥的镜头。他们忘了海上的大风，忽然掀起了她红色的裙子。女人惊叫着，她的叫声惊飞了身后那群翩飞的海鸟。

这时，我听见一个警察在那里喊："身份证！"我不知道发生了什么，警察与我有什么关系呢？我依旧欣赏着我的大海，也许我的怠慢刺激了他，警察显然有几分怒气地走到我的身边，说："叫你呢。"

"嗯？"我有些疑惑地看着他。当他查看了我的身份证后，才解释说我与一个照片上的逃犯有点像，所以查看一下。我不知道他的解释是真是假，但这一路，似乎同样的嫌疑就一直在我的身边发生，依依不舍一样。啊，我第一次的出门就是这样的景况，这究竟意味着什么呢？

海上起浪了，船开始颠簸，我感到一阵眩晕，跌跌撞撞地回到舱里。我躺在床上，沉闷的舱里更是充满了难闻的气味。虽然我有过海上的经历，但那是短途的旅程，是去附近的岛上游玩，何曾有过这样漫长的海上旅行——现在我终于尝到了苦头，我才发现这次的出门将是怎样的漫长与艰辛，没有人能够帮助我。可是，更可怕的事还在等着我呢。所有的磨砺才刚刚开始。

上海，是我想象中的一座城市，它似乎与我没有什么关系。唯一的联系是，我的大阿婆住在那里，她是我祖母的姐姐。可是她早已经离开了人世，还有我的祖母。记得我还小、祖母还活着的时候，大阿婆每年的春节都会回到温州看望祖母。印象中的大阿婆衣着整洁，相貌温柔和蔼，一头银发，一看就是大户人家出身的样子。而在温州的小阿婆更是时髦的打扮，喜欢戴一顶黑色的法兰西式的呢帽子，黑色的袍子很长。当她们三姐妹聚在一起的时候，幸福的笑容就像阳光一样，似乎冬天早已经过去，而春天就在眼前。可是，她们曾经的韶华，早已湮没在纷飞的战火中，一去不复返了。

大阿婆回来总会给我们带来一些小礼物，花花绿绿的糖果。小人儿对客人的光临都是好奇而快乐的，因为他知道，总有意外的惊喜在那里等着他，哪怕这惊喜微小得几乎没有人能够发现。记得祖母曾对我们这群小孩子说，上海有高耸的大厦，当你抬头望它屋顶的时候，头上的帽子一定就会掉下，而你还是看不到屋顶。那是 20 世纪 70 年代温州这座小城里的老人对上海的描绘。

现在上海就在我的面前，没有一点儿神秘感。一个 19 岁的青年第一次站在上海的大街上，他第一次看见外面的世界，原本不是与他无关的。

3

是的，上海在我最初的浪迹天涯中，只是一个匆匆的过站，我甚至没有看清上海究竟有怎样的繁华面貌，就踏上了去往青岛的旅程。那一路算是轻松的，轻松的开头意味着什么呢？现在对我来说，原先的那些惶恐与磨难早已经渐渐淡忘了，而真正记得的，都是那一路上的从容与笃定，我现在依旧惊诧于那时的自己，惶恐之后竟是满脸的无畏。也许从那时起我便逐渐认识到，生活原是这样的，没有奇迹，没有惊喜，没有暴怒，没有苦难，而所有这一切，只是你的心而已。

从上海的公平码头上岸，赫叔与我扛着沉重的机器与行李挤上一辆开往上海火车站的公交车。上海的公交车上总是挤满了人，拥挤的车厢里充满了怨气与戾气，所有人的内心都有一个邪恶的声音，摆出一副攻击的姿势。我一只手握紧了垂挂在车厢上的把手，另一只手捂着行李包，可是车身摇晃了一下，我的胳膊肘不小心碰到了一位老者的头，他头发早已雪白，却毫无老人的慈祥与尊严，以一双凶恶的眼神盯着我年少的脸，随即一顿臭骂凌空而来。我无辜地看着他，只觉得他是那样无助与可怜。

从上海火车站，我们买了两张去往青岛的硬座票。赫叔与我坐在月台上，等待着那辆绿皮的火车缓缓进站。那是慢车，每一站都要停靠一会儿，哪怕是在荒无人烟的小站。车一路向着北方而去，我第一次看到了北方辽阔的平原。

　　抵达青岛的那个夜晚，好像没有月亮，在我的记忆里，是一片的宁静。奇怪的是，每当我回忆起那时经过的城市，大多是宁静的，图景似乎重叠，是重叠的宁静，全无今日的喧哗与嚣张。陌生的城市对一个第一次出门远行的年轻人来说总是新鲜而迷惘的，可是赫叔并不觉得。赫叔行走在江湖上，发生的任何事他都熟视无睹，他只关心一件事，那就是利润。那时他与我一样穷，但他有智慧，所以他比我富有。现在他很富有了，但我再也看不到他那时的智慧的灵光闪现。他那时的利润大多来自巧妙的欺瞒，首先是诚恳的态度，其次是认真的奉承，再次是低级的机器，又次是信誓旦旦的承诺。最后当然是逃之夭夭。当这一切都顺利进行的时候，利润就会到来。高额的回报，不需要贿赂，不需要黑暗势力的撑腰，我们的成功完全来自我们的聪明，虽然这聪明我并不认为是用在正义的事业上。对于我来说，那仅仅是混一口饭吃。当一个人连一口饭都混不到的时候，你要求他正义、廉耻、礼仪，那是很难的。但他可以义气，可以去死。

　　我一个人走在路上——赫叔说："去，弄点消夜回来。"我便去了。那是抵达青岛的第一个夜晚，我沿着原路，看着远处的灯火，就到了火车站，我一个小时前到达的地方。冬天的青岛，在这样寒冷的深夜，只有冷清与落寞。只有火车站尚且还有一些热闹的灯火与点心铺里的炉火，渲染出温暖的图景，温暖着这座早已入眠的城市。

我一个人走在路上——我买到了一些蒸饺。实在，除了蒸饺，我不知道青岛人在那个寒冷的冬天还能吃到什么样的美食。我看着餐馆里的姑娘，没有漂亮的。我茫然而又有点失望地提着蒸饺，一个人走在路上。那时没有出租车，便是人力的三轮车，在这样的深夜也早已歇了。更糟糕的是，我迷失在十字路口，找不到来时的路了。往左拐，就这样凭着感觉走吧，我猜想着客栈大约的方向，顺着我模糊的判断，走啊走吧。但我终于还是回到了火车站，我来到这个城市的起点。

这是我的第一次。我第一次看到了冬天的青岛午夜的街景：沿街的窗户外都悬挂着厚重的帘子，就像电影里北方的老人身上的棉袄，在夜晚的风里发出噗噗的声响，沉闷并且冷漠。街上少有行人，那些声响于是荡开，传之邈远一般。我开始慢慢有了些许惊恐，那惊恐在我的心头缓慢地滋长，并慢慢地咬住了我的心尖。偶尔，街上会出现三五成群青年，男男女女搂抱在一起，向我迎面走来。他们对我放肆地笑着，笑声里有一种威胁，有一种恐吓，有一种戏弄，还有一种得意。庆幸的是，他们来不及欺侮我，因为他们有的是快乐。

我远远地看见，街边的一处门楼前蹲着一个老人，裹着厚厚的棉袄，戴着小毡帽，两只眼睛像猫一样注视着街面。我准备向他问路，我想这守夜的老人一定能够帮助我。我向他走去，我发现他的目光正死死地盯着我这陌生的外省人，那目光像一潭死水一样。当我走近一看，才发现这并不是一位老人，而是一个衣衫褴褛的青年，蜷缩在门楼角落的阴影里。他甚至没有移动一下身子，面无表情。而他身后的门楼里，还蹲着好几个这样的人，他们的眼睛齐齐地盯着我。我这才意识到，如果我不迅速逃离，就有被他们撕碎的可能。

　　我在青岛的第一个夜晚，就这样在寒冷的街头，绕着青岛火车站，走了整整一夜。直到一位上夜班的工人，他为我指了正确的方向。他善良的笑容一直在我的脑海里浮现，我忘不了他的帮助带给我的宽慰。

4

　　在我到达青岛后的第二天傍晚，赫叔在我的口袋里塞了200元钱。赫叔带着我到了青岛火车站，为我买了一张去往济南的票。我记得那天是12月21日。赫叔说："你把这皮箱里的机器送到洛阳，那里有人已经在等你了。24日以前，你必须回到青岛，晚了会找不到我。"我知道我只有连夜赶路了。那时候没有手机之类的通信设备。我把写有客栈地址和电话号码的字条塞进口袋，怀里揣着赫叔给我的200元钱，就匆匆出发了。我没有行李，只有这装着机器的一只皮箱和一个喝水的杯子。踏上征程的那一刻，我的脑子里一片空白，我唯一想到的就是，如果我赶不回来，赫叔会在那里等我吗？

现在，我真的只有一个人了。这是我生命中最重要的第一次，我第一次孤独地走在远离故土的路上。我只有惶惑，我甚至不知道怎样从火车站的售票厅买到我必须到达的目的地的车票。我终于感到中国的土地有多么广阔，每一个售票厅都有众多的窗口，而每一个窗口都在销售不同地点的车票，那些简称的线路更是我所陌生的，尽管在中学的地理课上，先生教过，可是我何曾想到有一天我会孤独地站在路上，甚至会听不懂别人告诉你的那些线路，你甚至找不到售票的窗口，这多么可悲。而所有的窗口前都排着很长的队伍，焦急的人们暴躁且无礼。我终于发现我是一个愚笨而且胆怯的人，只有悲观与自卑、灰心丧气才符合我的天性。

这是我第一次走进济南，多年后当我再次走进济南的时候，早已时过境迁，我成为受欢迎的人。但那一次，济南纷乱的火车站留给我的唯一印象就是墨黑的天空。我走出车站，又走进车站，终于打听到去往洛阳方向的售票窗口，却被告知没有这趟列车。我顿时傻了眼，无助地站在熙熙攘攘的车站售票大厅里，竟不知道该怎么办。我不能往回走，而赫叔给的期限又如此匆忙，我的口袋里只有那200元钱，只够车票来回与路上的饮食。我走到附近的邮局给赫叔打了一个电话，我想告诉他我怎样陷入了困境。可是赫叔决绝地挂掉了我的电话，他只说了一句话："我也不知道，你自己看着办吧。"

事实上，我至今仍然感谢赫叔的残忍，他不给我任何帮助，正是对我一生的帮助。从那时开始，我知道拥有一颗感恩的心是多么重要。从此我学会了"走路"，我看到了人世间最美的风景，体验了人世几乎所有的滋味，我相信当我临死的时候，一定不会有多少遗憾，而这一切的收获，有赫叔给予的一份。但是那一天，赫叔丢下的那句话，使我真正地体会了什么叫"咬牙切齿"。

我惶恐地走到火车站附近的一家旅馆，在那里歇歇脚，我想睡一觉，也许明天就有车了。可是如果我睡一觉，我就不能在24日赶回来了。我慌张起来。

我开始寻找机会，我观察着身边来往的人，我需要朋友。我与他们搭话，对他们笑，同时我还要保持足够的警惕。人人都与我一样，他们的笑容是僵硬的，他们的话语是冷漠的，他们的警惕胜过长城。

　　我终于找到一个与我提着一样皮箱的人，我们相视而笑。我装着随意地问他去哪里，并且装出根本不想知道他真要去哪里。事实上，他的去处与我真没有关系。然后我告诉他，我正准备去洛阳。我希望他去的与我是同一个方向。可是我很失望，他去的是我从来没有去过的地方，更不是我要去的地方。"可是，我买不到去洛阳的车票。"我装作漫不经心地说。

　　"去洛阳不是都有车的，但是你可以先去郑州，那里就近了。"他说。也许他早已看出我的困窘，并告诉我要学会看地图，了解铁路站点。

　　我非常高兴。真的，我至今都感激这位我从未真正认识的朋友，他让我学会了怎样踏出人生的第一步，我终于学会了走路，独自一个人，去欣赏人间的风景，并养成了以后每到一地都先买当地地图的习惯。我飞也似的冲向售票窗口，满心欢喜地要买一张去郑州的票。但是，郑州的票也没有。现在我懂得道理了，就问售票员哪里离郑州最近，答曰可先到徐州。于是我买下了开往徐州的车票。原来这真是很简单的事情。而我确信自己能够在 24 日赶回来。我一边臭骂自己的愚笨，一边又有了自信。

　　我进了车站，看着那辆绿皮的火车缓缓地停下，车门打开，一把小梯子放下来。我跳上火车，听那汽笛长鸣，只见它又缓缓地驶出车站。

　　我没有位置，只好睡在走道上，那一夜好冷，可是我内心却满是喜悦。

5

　　我在徐州下了车。那是 22 日的清晨 5 点。我至今仍清晰地记得那个寒冷的清晨留给我的印象。微露的晨曦给大地洒下一层银白的光芒，遥远的天边是淡淡的乌云与薄雾。我从车上下来伸了伸腿，拖着那个显然越来越沉重的皮箱，踩着结了霜露的坚硬的土地，走出火车站。我知道洛阳已经很近了，我开始从容不迫起来，信步走到大街上。我想多看一眼这个陌生的城市，因为我不知道什么时候还会经过这里。当我摆脱了不安的情绪并且心安理得地进入人生赋予我的角色时，我便发现，这样的旅行是多么自由而且富有乐趣，尽管我对眼前的城市一无所知、毫无准备，并且更不知道我将在哪里落脚。

　　火车站边上有一些戴着白色帽子的回族人开的早餐店，这是我第一次看见真正的回族人，我发现这些可敬的穆斯林，这些阿拉伯与波斯人的后裔，与我们汉族并没有多少区别。从那时起，我就养成了一个好的习惯，那就是无论出差何地，我总要首选清真馆就餐，总觉得那里的食物既卫生又便宜。无论如何，首先要考虑的就是如何填饱肚子。我觉得这很重要。我可以委屈自己的身子，我可以像枯槁的树木一样站在风里被吹干，我可以像拾破烂儿者一样满身污垢风餐露宿，但我不能饿着肚子，假如那样，我便连他们亦不如，我便只有悲哀，连一丝的快乐也没有。

我走进他们的早餐店，要了一碗小米粥、一个大馒头。那馒头好大，有我家乡的四个大。温州的馒头小巧，却不美丽，我发现徐州的馒头雪白，比温州的馒头好吃亦好看。我在徐州不能停留多久，我必须赶路，但我不甘心就这样走掉，我总得看它一眼，哪怕是偷偷看一眼，也算到此一游吧。反正离下一趟开往郑州的火车还有几个小时，我已买好了票。

我漫无目的地走在街上，不知不觉中走进一条小巷弄里。抬眼望，高大的槐树下，是一座故旧的门台。这老房子大约有些年岁了吧，西洋巴洛克式的装饰，却是中国古典式的青瓦屋顶，煞是精美。在晨曦灰蒙蒙的微光中，带着些许神秘的宁静，犹如梦境一般。我想象着那镂花的木窗里，睡着朱丽叶般美丽的姑娘，憧憬着爱情的梦写在她温柔的脸上，淡淡的哀愁更叫人心中怜惜。而她的罗密欧，正提着硬纸糊的假皮箱，四处流浪。

　　我呆呆地在那门庭前站了许久，看着天边的阳光渐渐照亮了半条小巷，拉长了那屋顶的暗影。我知道我该走了，便匆匆地回到火车站，直奔郑州。

　　从郑州抵达洛阳，已是午夜。赫叔只给了我一个送货的地址。问题是，那地址距离火车站挺远。没有出租车，没有人力车，在那样的冬天的午夜，我只有靠双脚丈量着街道，一路走去，竟然连问路的人也没有。公路的两边，没有什么建筑，是空地，或者还是田地，我只记得在那空地上有一间孤零零的屋子，是个简易棚，木栅栏一样的屋壁里露着昏黄的灯光。我忽然有了希望一样，下了公路，就直直地向那简易的屋子走去。这时，富有戏剧性的是，那屋子倾斜的木门吱呀一声开了，出来一个老头。我想他大约是半夜出来小便的，我正忐忑地想该怎样去敲他的门，而他会不会回答我的问路，现在正好，他自己出来了。我心里一阵欣喜，大声地向他招呼。

　　我惊诧于我的声音在那个空旷的夜里，似乎颇有厚重的穿透力，大约像一匹野狼沉闷的低吼。因为我发现，那老头惊恐地回转身，迅速地躲回了屋里，门都未曾来得及带上。我并不觉得发生了什么，他是我今夜唯一的希望，我执着地跟着他就想进门，我将半掩的门推开，伸进脑袋执拗地向他问路，并且我的一只脚已踏进了门里，我说："请问……"这时躺在床上的上了年纪的女主人发出了一声尖利的惊叫，像僵尸一样从床上坐立起来。她这一声尖叫真的吓着了我，在那个倒霉的午夜，我只有落荒而逃。逃出不远，我还不时惊恐地回头张望，是否有人向我追来，将我像一条丧家的狗一样棍棒伺候。

忘了我是怎样找到那个地址的，我大约在路上走了颇久。当我把货交到那人手里，我如释重负一般，趁着夜色赶回火车站。天亮的时候，我已经在车上睡着了。我满身的污垢，躺在人家的座位底下，却很是享受。

6

我终于在 24 日的夜晚回到了青岛。我所有的行李只有一个玻璃水杯。我在洛阳的火车站打了满满一水杯的开水，揣在怀里，温暖我的胸口。当寒冷的夜笼罩着广阔的齐鲁大地，我庆幸自己并没有走丢。回来的路上，在郑州的时候，我曾差点将自己丢了，因为我没有经验，在候车室的指示牌下等了很久，事实上那一趟列车早已开走了，而我却一直以为列车误点了。这种误点在那个时候是非常正常的事情。

我在青岛大约待了一段时间，在海滩的栈桥上拍了一张照片。我穿着母亲为我缝制的黄色呢西装，这件衣服我穿了很多年。我偶尔还掏出那张照片，看看自己从前的样子：风吹乱了我的头发，冬天的海滩上几无人迹，只有我一个人在风里走着，我不知道我的将来会是怎样，我既有迷茫，亦有憧憬。青岛是宁静的城市，有很多19世纪的建筑，带着德国的哥特式风格。当我一个人在街上走的时候，常常会走进路边的某一座天主教堂，但那个时候的教堂是作为文物被保护起来了，先前的破坏留下了深深的痕迹，没有祈祷，没有钟声，只有沉寂。人需要信仰，现在我知道，信仰并不是统治者愚弄人们的工具，而是统治者害怕的精神。统治者的想法是，最好的人民是没有信仰的人民，这种人民才是最顺从的。或者，你只信仰统治者，将他或他们视为拯救者、万能之神或者天兵天将。事实上，我们的肉体不需要拯救，但我们的灵魂需要。我们的灵魂需要坚强的支柱、崇高的向导、和平的愿景与宁静的生活。否则，我们活在这世上，与动物活在丛林中，又有什么区别呢？但当信仰世俗化，成为权力之后，那又是我们不愿看到的情景了。因为在我看来，信仰完全是个人化的精神世界。

在青岛，我们卖出几台机器后，便流窜到潍坊与菏泽。赫叔有了钱，我们就住进了最好的宾馆。这样也是为了向前来洽谈业务的人显示我们是何等拥有实力，我们的工厂是庞大的、财富是雄厚的，从而证明我们的机器质量也是上乘的。事实上我们的产品出自家庭作坊，没有任何质量可言。那是那个时代普遍的现象，在没有资金与技术的支持下，我们靠灵活的头脑领先。温州人的领先，就在这里。其实，那时候的宾馆远没有现在的豪华，也还没有实现星级的管理，政府招待所就是最好的榜样。严格的审查制度让我们诚惶诚恐。我们好像在走私的路上，我们好像在犯罪，我们都有原始的罪恶感，所有向我们看过来的目光，都充满了怀疑与疑虑。财富，尤其是个人拥有财富，在那时看来，既让人嫉妒，又让人羡慕，更让人觉得羞耻。

在我的印象中，菏泽是幽静而潮湿的城市，芭蕉叶在雨水的淋漓中翠绿可爱，犹如江南古老的记忆，一如它的名字。

7

在我当推销员的途中，有一件事给我印象深刻。多年后当我回忆的时候，那个情景总在我的心中浮现。

古人仗剑行走江湖，真正豪情满怀，所以古人大多能成就一番事业，让今人艳羡不已，而我现在口袋里只剩下一个杯子，在异地他乡无缘无故地一个人乱窜，自己看自己都有一股子邋遢相，又何来豪情与壮志。买一张站票，挤挤挨挨地在列车走廊里等座位。车上归家或出门的人多极了，不见有中途下车空出位子给你的样子，这样等待也就漫漫无期了。

我没有行李。当一个人身上毫无累赘的时候，在这样拥挤的车上是轻松的。在我的身边同样站着一位老妇人，操着湖北口音，来自湖北不知哪儿的一个穷山村。她的身上也没有多少行李，只有一个小袋子。她告诉我，里面有一件新衣服和一双新鞋，那件新衣服是她远嫁的女儿送给她的，那双新鞋是她卖了山货为小孙女买的。她穿着一件旧式的上衣，灰色，陈旧得就像黄昏的收割光了的田野。那田野在窗外飞驰而过。老妇人就这样站着，足有8个小时了，没有人为她让座，似乎所有出门的人在这漫长的旅途中都显然力不从心，艰难的生计让所有的人都觉得自己正在苦难中慢慢老去。

夜来临了，火车在一个不记得什么名字的站点停靠，靠窗的人把窗户打开，所有渴望新鲜空气的人都把脑袋伸出窗外。趁边上一个有座位的人下车舒展身子的当儿，老妇人在他的座位上终于可以舒展一下她更加劳累的身子，让疲惫的双腿获得片刻的休息。她把紧抱在胸口的那个袋子轻轻地搁在靠窗的几案上。望着她舒开的眉头，我亦感到这片刻的空气尤其新鲜。

火车启动的时候，那人来了，老妇人自觉地站起来，把座位还给他。火车在铁轨上开始缓慢地滑动，老妇人正想伸手把几案上的袋子拿回。火车晃动了一下，就在那一刹那间，一把铁钩飞快地从窗外扫过来，轻易地夺走了那个袋子。身边有人伸出头，望见一群窃贼在车站的铁道上欢呼着，车里的人无奈地骂了一声，但这声骂随着开始飞驰的火车而烟消云散，湮没在那隆隆的轰鸣声中了。黑暗中，看不清身边乘客的脸。老妇人沉默着，但我分明看见了老妇人噙着泪光的眼睛紧紧地盯着那扇窗，那罪恶的铁钩像一根鞭子狠狠地抽在她年老体衰的身上。老妇人孤身站着，空气在抽泣着，她孤单的肩膀那么无力地在空气中抖动。她一无所有了。

这就是那个时代的生活，罪恶与无辜并行在道上。那用铁钩抢夺别人的人是罪恶的，那是贫穷的罪恶。他们是可悲的，他们也同样在贫穷中度日，但这不能成为他们可以原谅的理由，他们只应得到道德的谴责与法律的制裁。可是又是谁夺走了属于他们的财物呢？更可悲的是，他们却用同样的方式夺走了可怜而无辜的老妇人唯一的财物，善良与真诚在那一刻被击得粉碎。道德在贫穷中沦丧，"不受嗟来之食"不再是对人们普遍的道德的认识或考验，最多只是一种个人意志的表现，甚至是虚伪者卑鄙的粉饰。

8

旧历年年底的时候，赫叔又给了我200元钱，作为回家的路费。赫叔给了我钱之后，他就走了，他还要去别的城市转一圈，因为手头还有一些没卖出的机器，他不甘心。我已经在外头待了数月，第一次远离家门如此久，乡愁成了我的负担。从前在书上读到关于乡愁的篇章，心里颇不以为然，觉得那是诗人的渲染、艺术的夸张。当我自己有了这样的经验之后，我再不会对自己未曾经历的事表示轻视了。乡愁真的很沉，并且急促。现在我的内心已经没有了乡愁的愁苦，因为我似乎已经习惯了四海为家的生活，但这并不表示我没有乡愁，而且我知道，这种情怀是怎样的：正如一种苦恋，说不出的思念的哀愁。

我又剩下孤单单一个人走，路上都是匆忙归去的人群，因为大年的团聚是中国人最美好的情怀，不管日子多么艰难，温暖的家似乎是他们剩下的唯一的安慰。家是他们奋斗的终极关怀。

我在拥挤的火车上摇摇晃晃，一路奔向南昌。在南昌下车，一时买不到去上海的火车票，我感觉自己好累。我想，反正有钱，我也不必走得那样急，我应该在这个著名的城市里走走，然后歇一晚。

我只走到八一广场，广场上矗立着毛泽东的巨大的塑像，正向着人们挥手。我并不想在那里停留，又回到火车站。那时的南昌火车站纷乱而混杂，我只记得地上飞卷着果皮与纸屑，天空阴沉沉的，毫无生气。我忽然想起那座巨大的塑像，似乎他的笑容里隐藏着某种忧郁。他让我想起洪秀全与李自成。中国人自满清入关以来，似乎就没有舒展过眉头。而中国人苦难的根源，又似乎可以追溯到赵氏建立的宋王朝，从那时起，中国便沉沦了1000年之久。

我在火车站边上的一处客栈找了一个床铺，在地下室，房间里睡着8个人。当我进去的时候，他们都注视着我，每个人的目光中都是疲惫、警惕、仇恨、阴郁。我的床铺靠着门边的墙壁，墙壁上因为潮湿而发着霉，被子感觉湿冷。我后悔找了这样的床铺，但我实在不敢花钱住好的房间，因为我只有这200元钱。我想，将就这一夜吧。我出门去边上的市场买了一只烤鸡，又买了一瓶廉价的白酒，在房间里独自大喝大嚼起来，我不仅饿了，我还想将自己灌醉，这样我就可以在没有任何知觉中度过这个夜晚，并且可以全然不顾发霉的墙壁与潮湿的被褥。我没有行李，没有钱财，我不怕那些与我睡在同一个房间里的陌生人，哪怕他们全是强盗，呵呵，我不知道我的心里是在冷笑还是在自我解嘲。

　　到上海已经是农历的十二月二十四日夜，这是大年三十的前一个礼拜，是旅人归家的期限，中国人颇看中这日子，按照旧俗，做工的人应该收工了。天上开始飘起雪花，我的口袋里只剩下97元。当我赶到上海公平码头，才发现那里聚集着很多焦急的人，人们在售票窗口排起长队，队伍一直排到大街上。整个售票大厅坐满了人，抱着孩子的妇人满脸的愁容。一打听，去温州的船票已经卖完了，但卖完了票的窗口还是排着很长的队伍，那些买不到票的人大约心里还存着一丝希望。而外面的街上，票贩子手里握着船票高价倒卖。但是排着队的人都是贫穷的人，否则他们一定不需要排队。这世上只欺侮贫穷的人，苦难只会扭曲人的灵魂，而那时大多数人的灵魂，都是被扭曲的。票贩子蝇营狗苟的营生，而那些售票员的脸上，写着傲慢与冷漠甚至残忍。

　　我在街上游荡着，高价的船票是我根本买不起的。我信步走到一家宾馆的门外，一边躲着越下越大的雪，一边想，我是否要住下来，或许明天就有船票了。但是，假如明天还没有呢？我的钱坚持不了两天的，我必须今天就走，否则我就会真的流落街头了，我越想越怕起来。而宾馆的保安看我在他们家门口徘徊，竟觉得不顺眼起来，粗暴地将我赶走。羞辱与满腔的愤怒在我的胸口燃烧，可我又能怎样呢？

9

公平码头的边上有一个汽车站，那里有发往温州的客车。我以为有了希望，快步走去，可是售票的窗口依然紧闭，就像闭上的野兽的眼睛，一旦张开，就会吃了你，反而更恐怖。

我近乎绝望了。

一个与我年纪相仿的年轻人看出我要票的样子，凑近了说："要票吗？"我点头，他从口袋里摸出一张去温州的票，一刻钟后就要发车了。我顿时心跳加快，问："多少钱？"

"120 元。"他说。那张票的原价是 60 元。

我只有摇头，我没有那么多钱。可我不愿放弃这唯一的希望。如果他真的很斩钉截铁的话，我当然没有一点办法，但我有一个优势，那就是，那是一张马上要发车的票，而愿意买这张高价票的人，他似乎不能立刻找到。

我说："便宜点，我要了。"

他不愿意，走开了。我静静地跟着他。我看他转了一圈，又空手回了。我对他说："卖给我吧。"

"那就 100 元。"他说。

我从口袋里把所有的钱都倒出来，我说："我只有这 97 元，你看。"

他想了一下，说，那就 97 元吧。

不，我忽然将钱紧紧握住。去温州路途遥远，要 10 多个小时呢。那时没有高速公路，绕着群山峻岭，一路颠簸，我的身上如果毫无分文，那是要饿肚子的。

我说："你看，我就这么多钱，90 元好不? 剩下 7 元我在路上买饭吃。我们交个朋友，以后还找你要票，我经常在这路上跑。"

我说这话的时候，摆出了老江湖的样子。确实我以后还在路上跑的，确实以后我还会碰到他的，确实我还会和他做生意。

他终于同意了，我如释重负，飞跑着向车站里头奔去。跑几步后，我忽然想起，还没有问他名字呢，回头喊他："你叫什么? "

"叫我小谢吧。"他笑着说。

我记住了他的名字。

车到金华的时候，我在路上买了两个茶叶蛋，当一天的粮食。剩下的 5 元钱我没有动，生怕万一路上出了意外，多点钱就多一点办法。夜里睡一觉，天蒙蒙亮的时候，已经到了温州西站。那里离我家已经很近了，还没等车进站，停在路上等候的时候，我就从车窗里跳了出来。可惜那辆破车的窗上有一处破开的铝合金，钩破了我的黄色上衣。那是我母亲亲手为我缝制的冬装，这一个冬天我一直穿着它，在孤独的旅程中可以感受到来自母亲的温暖。在青岛的栈桥上，它挡住了寒冷的海风，为我留了一张影。如今它却在锋利的铝合金前面残破了。

我就这样衣衫褴褛风尘仆仆地回到家。

10

在家里过了春节，已经是第二年的春天了。可是，温州还一副沉浸在冬天的寒冷中没有醒来的样子。温州的冬天要比别的地方来得晚，所以去得也迟一点，虽然冬天对温州人来说并不漫长。1989 年 2 月，赫叔来我家对我母亲说，今年准备去南方碰碰运气，因为北方已经有很多温州人在那里推销同一种电话交换机。他要去南宁，问我去不去？

对我来说，无论哪里都是非常陌生而有趣的。好奇心占据了我的整个身体。有过前一次在北方的历练，我觉得自己成熟了许多。青春的时光就应该填满了冒险的精神。我当然愿意跟随赫叔去南宁，不是因为赫叔开的工资有多么吸引人（那时赫叔开给我的工资是 300 元，在外地推销产品，所有的吃住都在赫叔那里报销。这是比较高的薪酬了，要知道当年在机关里上班，一个月最多也就八九十来块），而是因为南宁这个地名吸引了我。对我来说，这就是中国最南的南方了吧？

　　这一次，我们多了两个人，都是赫叔的朋友，张南叔与阿杰叔，他们也和我一样跟随赫叔做生意，不同的是，我是赫叔的徒弟，只拿工资；他们算是合伙人，可以分红。我们选择了坐火车南下。但是1989年的春天温州还没有铁路，我们只能先乘车到金华，再从那里转火车。温州通往外埠世界的公路大约是世界上最艰难的路程，不仅只有窄窄的一条盘山公路，很多地方还只是简易的石子路，连沥青都没有铺上，尘土飞扬而又颠簸不已。车速很慢，去往金华的200多公里要走一天。路上全是大大小小各类货车，有时候遇上堵车，一等就是半天。公路沿着瓯江而行，两边的山上大都是毛竹林，远处的炊烟从林头冒出来，颇有悠然南山的意境。可是在这疲累的路上，谁有这样的心情？只觉得时间仿佛一点一点地冰冻在枝头，然后很缓慢地化开在痛苦的心上。但是这条路现在对我来说是熟悉的，因为一个月以前我从上海回温州的时候刚刚走过。

　　我们就这样走走停停，从一早出门赶车，到了金华火车站都已经是半夜了。我们买了第二天去南宁的火车票。赫叔说，我们身上的货太重了，随身上车要加收超重费的，况且还有检查发票的，虽然他的身上带着一张假发票，蒙混过关是可以的，但那是出于紧急情况。所以我们不能在火车站门口按正常秩序检票进入。于是，赫叔与我以及张南叔、阿杰叔，每人都背上18台装在皮箱里的电话交换机，走出火车站，绕着车站走了很远，然后沿着铁道走进站台。我们找到了明天一早上车的月台，将货物卸下。然后由张南叔看住。赫叔与我转身又出了月台。我们到火车站上找到那些在售票口倒票的贩子，他们都是火车站上一群没有头脑的小无赖、小混混儿。他们是车站外的霸王，依靠贩卖高价票维持生计，或许还有欺骗与勒索，偷盗或抢劫。赫叔给他们每人10块钱，这在1989年是不小的数目了。然后告诉他们自己的上车班次时间，要求他们到时候来帮忙，并给他们买好了站票。这些小混混儿虽然见钱眼开，什么事都做得出来，但江湖的规矩还是有的，你出得起钱，他们一定会出力。

我回来坐在地上，坐在那些货物的中间，背靠着月台的柱子，差点就睡着了。我疲惫的脸上都是尘埃，身上已经好几天没有洗澡了。天渐渐就亮了，月台上开始拥挤起来，旅客越来越多，他们都焦急地等待着火车的到来。我们以为车站外的小混混不会来，这时他们却呼啦啦就出现在月台上了。当火车到达的时候，他们一哄而上，为我们挡住车门，我与赫叔大摇大摆地上车。他们帮着我们将几十个装着机器的皮箱运到车上。车上的行李架都放满了旅客们的行李，我们只好先放在厕所里，居然整整装了满满一厕所。

　　我在火车的厕所里睡了很久，因为我没有位置，而走道上也已经挤满了人。我还背着如此庞大的行李，那些沉重的机器压得我无法喘息。车上，我没有座位，那些机器更是无处藏身，"朋友们"是霸道的，他们将它们随便地堆放在厕所里，堵住门，于是我竟有了一个独自的包厢，这真是意外的幸运。机器装在看似豪华的皮箱里，我躺在上面竟呼呼大睡，尽管里面的味道实在很不好受。直到着急的如厕者在门外等了很久，许多人开始向列车员咆哮，以为他们故意关闭了厕所，才有乘警来强行打开门，将我恶狠狠地驱赶了出来。

　　那已是第二天的后半夜，车上的行李架开始空出一些位置。我慢吞吞地将皮箱放上行李架，在地上铺了报纸，钻进别人的座位底下，躺下。起头我享受着尊贵的厕所里的馊味儿，现在，我开始享受人们脚上的臭味儿。不过没有关系，这就是生活，我对自己说。生活就是不得不挤在无处插脚的火车上，钻进人家的座位底下忍辱负重地苟延残喘。我发现平时锦衣玉食的赫叔，也和我一样躺在人家的座位底下，像一只平静的大猫。

　　在这车上，我知道我什么也不是，我只是一个落魄的行者，与那些蹲在地上惊恐地看着身穿制服之人没有区别，失魂落魄地躲避着他们。

11

从金华到南宁需要三天两夜。慢火车上的生活，仿佛将人的一生都浓缩在这三天两夜的匆忙时光里了。

当我在地上睡足了以后，我从我的"睡铺"里爬了出来，挤过走道上拥挤的人群，在车厢的接口处呼吸一下新鲜的空气，那里的窗户开着，大风呼啸而来，让人感觉到自由。自由对人类来说是多么珍贵，但那时的我并不知道。我只知道，车一路向南，向着温暖的去处。

我回到车厢。火车在每一个站头停留，总有上上下下的旅客。但车厢里依旧挤满了人。我在一个座位的前面站定，因为我听说，坐在这个座位上的人中途会下车，我估计在他下车后可以抢到他空出的位置。那些有座位的人，偶尔起来去倒开水、买吃的或者去上厕所，边上那些挤在走道上的人，就会抢着在他的空位置上坐一坐，好放松一下疲惫的身躯或痛苦的双腿。这片刻的休憩是多么吸引人，又是多么珍贵。但我一步也没有离开我的位置，我在那个中途准备下车的旅客身旁站定了。这一站，就是8个小时，我居然没有挪动。这段时间，我的身边渐渐多了一些人，有的下车了，有的刚上来。而有四五人，似乎是河北人，我不知道他们是干吗的，他们一直在玩闹。其中两个年轻的，好像是那一个带头的徒弟。那位带头的中年人用北方话对我说，你的皮箱真俏皮。我听不懂。他又说了一次，我茫然地看着他，心中很有些防范，他为什么对我的皮箱感兴趣？难道他看穿了我的皮箱是纸糊的吗？赫叔在边上笑笑，用温州话对我说，他说你的皮箱漂亮。在外面，我们，我与赫叔基本上都用温州话交谈，因为这世界上，除了温州人，没有人能够听懂温州方言，这是一种古老的话语，据说是唐宋之交的语言，这种语言没有因为中国沦陷于蒙古帝国而改变，也没有因为女真人的入侵而遭到破坏，它被一直保留至今。倒是如今的因为推广什么普通话，将这美丽神秘的语言推到了消失的边缘。

哦，俏皮就是漂亮的意思。温州话说漂亮的词是"赶倩"，而且在发音上还要去掉普通话发音中的 an，只发前面的声母音。嗬，那更深奥了。

当坐在位置上的那人起身下车的时候，我就准备坐到他的位置上，我刚迈开一步，边上那个带头人的徒弟竟也要抢这个座位，他的步子比我快，抢到了我前面，我们几乎同时扎下马步，顶住了，谁也不让谁的样子。但我转念一想，我们虽也四五人，但赫叔说过，我们是生意人，出门不与人争执。于是我退了一步，把座位让给了他。他的师父却说，你站起来，把座位还给他。他说的是要让我坐。他说，我看你在这边上已经站了8个钟头了，一动没动。他用欣赏和探寻的眼光看着我，好像希望我能告诉他什么。因为他们这一帮人，像是练把子的，都有一些身手。尤其是那个与我大约同龄、与我抢位置的年轻人，身手尤其敏捷。我看出来了，只是不说。我也是练过南少林拳的。温州是武术之乡，各门各派云集，尤其是本土的温州南拳，威武生猛，彪悍刚劲，硬桥硬马，摧枯拉朽一般。其中也有刚柔派，刚中带柔，但还是以刚为主。另外，还有五行拳、小八卦，都是流传本土的古老的内家拳，也都是神秘的流派。而大门大派的太极、八卦、少林、武当更是高手如云。但我不说这些，只是对他笑笑，表示感谢。我谦逊地说，还是给这朋友坐吧，或者我们一起坐也行，有福一起享。于是我们就成了朋友。

那个与我抢位置的小子，我已忘了他的名字。他与我做游戏，说，你把你的工作证放在衬衫胸前的口袋里，只管用眼睛盯着，他能在我的眼皮底下把我的工作证偷走。我不相信。我将那张赫叔用钢笔填写的工作证放入口袋，我眼看着它说，你来拿吧，我一定能抓住你。可是刹那间，我发现我的证件不翼而飞，真的就到他的手上了。我连着试了三次，他都能够成功，我只有佩服他，甚至觉得他天生就是一个小偷。直到他的师父呵斥了他，他才收敛了那股顽皮的劲儿。

如果小偷是以这等技术来作业，被偷的人也只好自认倒霉了。但是火车上的小偷却不是这样的，他们几乎就是用抢劫的手段，四五人围上来，一个堵在别人的边上，一个站在被偷者的前面，另一个则毫不掩饰地搜那人挂在窗边的衣服口袋。但是他们到了我们边上，就匆匆走过了。他们大约以为我与这几位练把子的是同行者吧？不过后来他们下车了，贼们也没来惹我，我猜是我一脸的灰土与凶恶的眼神让他们不敢下手，要知道那时，旅途的疲惫不仅没有累垮我，反而让我有了与任何人拼命的劲儿了。

12

在我的记忆中，南宁是一座美丽的城市。当我们车到南宁以后，我的身上扛着18台装在俏皮的皮箱里的机器，装出一副很轻松的样子出了车站，但赫叔大约运气不济，给检票的人员拦住了，要称重。当然是明显超重了。据说后来他们好奇地要求打开皮箱检查，发现里面装着的是机器，还要求检查发票，但赫叔不知与他们怎么说的，终于交了一些超重的费用出来了。

我在车站外面等了许久。

我们叫了一辆小货车，居然装了满满一车厢。当四个人身上背着的货物集中到一起，我才惊讶地发现，我们原来带了这么多。

南宁已非常炎热，日头落在我们身上，让我们喘不过气来。这里的人们都穿短袖的衣服，而我们还穿着冬衣呢。张南叔还穿了一件昂贵的皮衣，热得直唠叨："要被人笑死了，像个呆头。"我们都笑他，呆头可穿不起这皮衣。

1989 年的南宁最好的宾馆是南宁饭店，其实就是市政府的招待所，价格很便宜，一个总统套间也就 50 元。我们包了整整一周。虽然看起来很土豪的样子，其实我们四个人挤在一起住，也是很划算的。

到了宾馆，我们首先去买一本当地的电话簿，因为这上面有当地所有的企事业单位以及地址。最忙的就是当天晚上，我们对着电话簿上的单位与地址连夜书写信封，将我们需要推销的产品说明塞进去，用胶水封好，贴上邮票。第二天早上，我们就分头行动，去各个邮局投递到他们的信箱里。那时人们对这种业务信大约都很反感，窗口根本不办理，投到信箱里如果太多，被邮政人员觉察到，就会不投递。要知道邮政在那个时代并不单单是一个专职服务的部门，在那个时代的中国，任何官方的单位都是具有行政权力的部门，邮局也有权检查你的邮件，并可以判定你的物品是否正当而可以采取投递或不投递。虽然那个时代距离现在仅仅不到 30 年，改革开放已经稍稍打破了严酷的专政，但权力的威严依然无处不在。当我把一大堆信塞进邮箱那只有一条缝一样的小嘴里，感觉自己就像做贼一样。

投完"鸟粪信"，这一天基本无事。

我们总是用乐清方言的发音将业务信说成"鸟粪信"，借以取乐。温州地区有很多方言，有些地方一个乡镇就有 6 种方言，甚至隔村隔河就听不懂了。但乐清话与温州城里的话发音还是比较接近的。那时乐清的电器业很发达，许多推销员在大江南北行走，他们的业务信漫天飞舞，雪片一样落在人们的桌上。业务信的发明，大概要归功于温州的乐清人。后来的广告信，大约都从业务信演变而来。

我们都在等待鱼儿上钩。剩下的时间，要么睡大觉，或者出去逛逛街什么的。我信步走到瓯江大桥上，看着清澈的瓯江，觉得如此丰满的水像一大块翡翠倒映在镜子里，仿佛镜子的后面还隐藏着妩媚的女神，她飘游的胴体在温暖的风里舒展开来，向着远处脉脉而去。

在瓯江的边上，一些农户在卖菠萝。在我们那里——那时的温州——菠萝可算是稀有的水果了，印象中卖得颇贵。可是这里的菠萝，就像我们那里卖番薯一样堆在路边，山一样高，价格只有我们家乡的1/10，在我看来完全是贱卖。南宁的街上照旧还走着毛驴车，看驴蹄在路上一颠一颠地拉着板车，像是跳着走一样，真想拉一车的菠萝回去。你知道我去问价，那小姑娘是怎么说的吗？两毛钱一斤哩。我还在掰着指头算价钱呢，赫叔说，别费劲了，还不快去买？我们一共挑了二三十个菠萝，扛在肩上就走，太像张乐平漫画里的三毛。

回到宾馆，我们好不容易向服务员借了一把足有火腿大的菜刀，就学着摊贩的样子开始削菠萝皮。一开始我们不会，把一个菠萝削得只剩下火柴盒大小，服务小姐端水过来，看见我们那副狼狈相后，竟向我们打躬作揖——我怕她会笑死去，赶忙好言相劝，问她如何是好，她才耐心地把我们教会，削菠萝皮，刀锋要沿着它的众多的蒂像打太极拳一样划着螺旋圈走。我们终于剥出一个完美的菠萝来，真是香啊。我陶醉不已。

在家里吃菠萝，邻舍的老人们都会警告说，菠萝性热，不能多吃。菠萝在我们那里比较贵，我们也不可能多吃。我们那里的菠萝不仅削了皮卖，还有切成一小片一小片地卖的。可是到了这里，可以放开肚皮吃，那些告诫就成了笑话了，谁还管它性热性寒呢？况且换了水土，大约也不一样吧？我们这样安慰自己。

现在我们能把菠萝削成盘龙的菠萝了，功夫到位，开始吃。

赫叔吃了一个，看见张南叔已经在吃第二个，就拿眼睛瞪着我说，"你吃第几个了？"我说，"这么便宜，多吃点，回到温州就吃不到了。"心里想，这么一点儿菠萝就舍不得了？我们出门在外，所有的开销都是赫叔的。

直吃到太阳落山，我们眼前发黑，舌头全麻，三餐饭我们好像只吃了一顿。这时我发觉自己的鼻子有点痒，拿手一摸，两个鼻孔原来成了发大水的小溪，鼻血喷涌而出。赫叔也吃了一惊，跳将起来，一脚踢去脸盆，一头撞了门梁，不管三七二十一，抄起一把盛着冷水的勺子，向我脸上泼来。我的身子一激，骤冷的作用把血止住了。我说，为什么你们吃了这么多就没事呢？大家笑起来，说："你还小，嫩着呢，经不住诱惑。"

13

南宁的生意似乎不错。我们在发出去的业务信上写明了我们的住址，也就是说，我们在南宁饭店的总统套间里开起了订货会，只是当年还没有这样的概念，否则我相信赫叔会在他们的会议室办一个豪华点儿的、正规点儿的，看起来像模像样一点儿的，可以更好地吸引人们。但那时即便这样简陋，也没有人觉得哪里不对劲。来看货的不少。赫叔一边说明一边演示，并不断地给客人递烟。客人总是陆陆续续地来，而他必须不断地重复着说明与演示，不厌其烦。他煞有介事的"诚恳"与"热情"，以及滔滔不绝的口才，赢得不少客人的信任。

"喏，"他说，"这里有小一点儿的，可以安装六门电话，大一点儿的是十二门。"但我们手上只有两部电话，我们将它们接在交换机上，然后接上宾馆房间的外线电话，让客人从宾馆的另一部电话打进来，我们当场演示交换机的性能。如果一个办事部门或小企业，安装这样一个交换机的确挺方便的，它可以随时切换到你桌上。其性能与宾馆里的大型交换机一样，一个接线员可以将外线电话随时切换到你的房间。但大型交换机太贵了，而且不适用小型的办事处或小企业，他们按照自己的部门设置，只需要六门或十二门就足够了。但如果需要一个接线员来切换，又是一个大开支，不划算。赫叔看出了这一点，就撒谎说，我们的交换机完全是自动的，不需要人工切换。

"哦！"所有人都发出了惊叹，这太神奇了。是的，即便今天看来也很神奇，并且不合逻辑。但我们居然演示起来，将两部电话分别接在一号与二号线上，让人从外面打进电话来，赫叔问，你要拨给几号线？那人说，二号。"好的。"赫叔说着，一边不慌不忙地顺手将二号线的开关挑上来，电话一响，果然是二号线响了。里面的人都像被赫叔的高档香烟封了嘴一样，连同他们的头脑，也不想为什么会这样，就决定买了。反正用的是公家的钱，或小集体企业的钱，至于具体怎么用、怎么操作，有产品说明书。说明书不会造假，都是按照实际要求说明，他们一旦买回去，按照说明书的流程，就会发现这完全不是赫叔说的那样全自动，而是需要一个接线员来切换的。全自动，那要等到 20 年后手机的发明使用。从历史的长河来看，20 年非常短暂，所以赫叔的话似乎很有前瞻性与想象力，而且也很实在。但在 30 年前的 20 世纪 80 年代，那完全是忽悠的。

对于我们的产品来说，六门交换机的价格是 3000 元，十二门的卖 6000 元。如果碰到能砍价的，2000 元或 5000 元也可以成交，再低就不卖了。晚上赫叔将交换机拆开给我们看，也就几个集成块。赫叔笑着说，厂家的成本也就三四百元吧。那是利润很高的，简直就是暴利。赫叔回去，要与厂家分成。每一回出差，两三个月时间，赫叔与我们都能卖掉几十台。我估计赫叔与厂家分成之后，每台还能赚 1000 块。而我，赫叔只付佣金，按照卖掉的数量提成。我不知道赫叔是怎样算出来的，我头两个月拿到了 700 块，对才 19 岁的我来说，简直就是发财了。那时一般工人工资百来块钱一个月，我之前在一个房管局当临时测绘员，一个月才 30 多块钱。

而赫叔能挣到几万块钱了。

难怪当年很多温州人都走在路上，手里提着纸糊的皮箱，里头装着电话交换机，在云贵高原或齐鲁大地上穿梭不停。那时改革开放已经 10 年，很多企业与部门都有了发展，一个办公室已经不够，人员也在小规模增加，但电话依旧是稀缺的资源，掌握在邮电局的手里，办一个私人号码要等好几个月，甚至还要贿赂局里的人，才有人到你的家里或小作坊里安装，还要好酒好烟好话地伺候着，并且价格不菲。人们花了三五千元，望眼欲穿三四月，赔着笑脸等来安装的人，仿佛欠了他们很多钱一样小心翼翼地伺候着。于是温州人就找到了商机，你看，我们一部交换机，就能让你的一门电话变出六门甚至十二门来，还不需要看邮电局工作人员的脸色。与邮电局的要价相比，那么这样的一部交换机简直太便宜了。但安装这样的交换机，是邮电局不允许的，若被发现，他们就会采取行动，将你的电话线拉断。那时，邮电局是很吃香的，人们都求着他们，温州很多华侨，他们要与国外通话，都必须到邮局的电话亭排队等候。吃香不代表着人们不厌恶，只是人们不知道原先绿色的使者何时变成了绿头的苍蝇。没有人想到仅仅 20 年，邮电局就成了一道旧日的风景线，退出了人们的视线。

14

　　有的人在宾馆直接买走他们所要的。有的人，只是留下了购买的意向和他们的联系地址。每天晚上，等到我们能够安歇下来，赫叔就查看一天的记录，然后指派第二天的工作，大多数情况下，总是将最远的地方指派给我。在南宁的第二天，我就被指派提着一台六门的小交换机去郊县的一个畜牧场，因为前一天，他们的场长来看过，似乎很有兴趣，并留下了地址。

　　公交车坐了一个上午，在一个绿树成荫的小路口停下。我下了车，问路边的小店，店主说，沿着小路一直走，就能走到了。我以为很快就能到，于是满怀信心地走在这宁静的小路上，起先还感受着那新鲜的空气与四周阒寂的环境，感到一丝自由自在的惬意。但很快这惬意就烟消云散了，因为我已经走了很久，可是前面什么也没有看见。我几乎怀疑原先的店主是否在骗我。但是，这里只有一条路，也没有任何岔路。我只能向前走。天开始下起雨来，在这么一个偏僻的地方，无处躲雨，我奋力地走在雨中，听雨水打在两旁树林中的声音，听那些被击落的树叶悄然飘向地面的声音。在走了几个小时之后，我终于看到了左边的一堵围墙和一扇大门，那个畜牧场终于到了。这时已经是下午2点了，我连午饭都没有吃，但为了能将手里变得越发沉重的机器卖掉，我必须强打精神，让自己在浑身湿透的雨水中恢复勇气。场长冷淡地接待了我，他的办公室里有好几个人，他们要求我演示给他们看我带来的交换机。我开始向他们吹牛其自动化的程度，也学着赫叔的手法，在他们希望响起铃声的电话机后面，拨上交换机的开关。我不知道那个身材矮小的场长与他的同僚是否看穿了我的把戏，无论我怎么说，他们都在不断地摇头，直到最后，场长依旧以他冷淡的姿态将我送出了大门。

我又冷又饿，沮丧地走在回去的路上。而那个纸糊的皮箱在雨水中开始起泡。我的心情糟透了。而这条漫长的路却在回去的时光里缩短了不少，我在不知不觉里就走到了它的尽头，走到了大路上，公交车很快就出现在站头。这时，雨也停了，天开始暗下来，街上灯光迷离，夜晚很快就降临了。

回到宾馆，赫叔他们早已吃过晚饭。我向他简单地汇报了那个遥远的畜牧场和它冷漠的场长。赫叔没有说什么。我换了衣服，到街上找了一个小饭摊，胡乱地填饱肚子，回到房间就睡了。

我们在南宁待了一周。这一周生意不错，赫叔卖出好几台机器，其中有一台，被一个小派出所买去，可是没有几天，他们就往宾馆里打来电话，要求赫叔派一个人去看看他们的那台机器，似乎出了故障需要维修。赫叔问了一下情况，在房间里把剩下的机器打开一台，根据对方的描述，估摸着找出问题所在。他对我说，大约是里面的集成块接触不好。然后给我一把螺丝刀，让我去修理。我们先退了宾馆的房间，然后去一个事先找好的小旅店，用张南叔的名字登记入住，好让他们今后无论出什么故障也再找不到我们。我说："要是我修不好怎么办？"赫叔说："你自己看着怎么能脱身就可以了，还用我教吗？"

我走进派出所，所长将我领到摆放交换机的地方，看着我拧下螺钉，拆开外壳。我看了他一眼，发现他一直用温情的眼睛看着我。他瘦削，大约40岁的样子，就像我的舅舅。他的目光中带着长辈的信任与鼓励，大约是把我的弄虚作假看成了内心的羞涩。我就在他这样的目光中，偷偷将一枚火柴杆插入集成块之间的空隙，然后盖上盖子，让他们试一试，结果还真的能用了。我收起螺丝刀，掩饰着内心的慌乱，假装镇定自若地起身告别，并且不忘加一句，说，下次如果还有问题，尽管给我们打电话。所长大约觉得我很有诚信，微笑着将我送出门。我搭了一班公交车直接回到小旅馆。赫叔早已收拾好行李在那里等我。我们在南宁留下张南叔，让他再去看看几个留下意向的客户，去上门推销。我与赫叔，就直奔桂林去了。

路上，那位中年警察温和的目光一直出现在我的脑海，30年过去了，至今还很清晰地浮现出来。那种逃离的恐惧慢慢地在我的内心变成深深的歉疚，我忽然觉得，这一趟回去，必不再跟随赫叔出来做事了，因为这不是我的事。

15

在我的印象中，桂北平原是舒展而美好的，因为有桂林。从我小的时候，在课堂作业中就有"桂林山水甲天下"的诗句背诵，更重要的是，1989年的春天，我与赫叔在这里住了半个多月，几乎跑遍了每一个角落。许多年后，当我一脚踏进破烂不堪的全州火车站，在拥挤而混乱的人群中，我恍惚觉得自己又回到了从前的日子，回到了我与赫叔在那些混乱的小镇里的日子，就像遥远的梦境，在那一瞬间，我仿佛进入了时光的隧道。

赫叔说："这是一片未开发的处女地。"他所说的未开发，乃是指来自温州的电话交换机推销员还从未踏入这片区域。而对于我来说，却是因为陌生而生发的兴奋，就像第一次有了爱情的经历，在懵懂的岁月中迷糊着，忽然看见了一缕阳光，但说不出它的颜色。那是凌冬刚过，但西南的土地已然炎热的样子。赫叔是穿着时髦的皮夹克出门的，在西南的阳光下酷热难当，他开始后悔。看着满街衬衣的人群，他觉得自己就像乡下的土佬。我相信他也是第一次来西南，而那时在西南几乎没有人像我们这样营销电器的流浪方式，更没有意识到利润有多么重要。计划经济依旧是他们美好的理想境界。所以我们在那里，竟然如鱼得水。赫叔说的是对的。

桂林是美丽的旅游城市，旅馆的价格比较高，赫叔开始心疼他的钱了。我们在街上走了很久才找到一家价格相对便宜、样子又相对豪华的旅馆住下来。街上有很多外邦人，那时我们自诩温州是对外开放的城市，可是在温州几乎看不见外邦人，虽然很多温州人流浪在世界各国。所以就是见多识广的赫叔，在桂林看见外邦人也还很有些兴趣的样子。赫叔看见这样的景象，就会冲我诡秘地笑。我却不敢看他们美丽的身影，我的眼神总是在羞怯中闪烁不定，于是赫叔就用力地拍我的肩膀。

而我到桂林的第一件事情，就是去偷电话簿。那时因为很少私人电话，长途更是都在邮局拨打，所以邮局编印的电话簿一般买不到，而只能在邮局看。电话簿上有所有当地企事业单位的地址。我们在当地发展业务，必须向这些单位邮寄业务信。于是赫叔给了我这个艰巨的任务。

我在一家邮局的大厅里磨蹭，因为电话簿被一根绳子系在一张办公桌上，桌后面还坐着一位看守的老头。那是一个小邮局，但是来打电话的人却相当多。我在边上认真地翻看着电话簿，点了一根烟。当边上打电话的人挂了电话，我便拿起电话机，装出拨打的样子，而我的烟已经将系在桌边的绳子烧断了。我挂了电话，后面就有人接过我的话机。我继续翻看着电话簿，一边看一边悄悄地走开去，直到走出邮局，也没有人发现电话簿一直在我的手里，就这样被我带走了。我生怕被老头或其他人发现电话簿被偷，慌乱地跑到厕所，在那里撒了一泡尿。我站在小便池前面，心跳还在加速，我自作聪明地想，若是被他们逮住，我可以说自己还没有离开，只是因为尿急，拿过来在厕所查看呢。

当我安全地回到旅馆，我的心里还在偷着乐，不知道那位看守的老人发现电话簿就在他的眼皮底下不翼而飞，会怎样？

那时，每到一个地方，我都是这样偷的电话簿，无论是邮局，还是火车站的电话亭。每一本电话簿都像宝贝那样被守住，可是人们的内心又并不真正宝贝它，于是它就这样丢失，丢失在更需要它的人那里。

有了电话簿，我们连夜装信封，写上地址，贴上邮票。这样的工作量是巨大的，因为数百封业务信会写得人手痛。第二天，我将这些信送到邮局。我想象着这些信件像雪花一样飘散在这个城市的每一个角落，而赫叔肯定在想象着钞票像雪花一样飘落在他的口袋。

夜深人静的时候，我还会想起白天偷电话簿时的情景，这时那种顽皮的恶作剧式的心情随着夜色消散了，留下的只有惶惑与内疚。也会想起那可怜的老头因为电话簿被偷而无辜被辞退的眼神，想起自己一旦被人发现偷东西而被逮进派出所，为了一本电话簿，那多不值得。难道我的青春，就是用偷电话簿这样的劣迹来填写履历吗？这时，我会惶恐起来，不安的心情像蚂蚁一样偷偷爬上我的枕头，让我在半夜奔逃的噩梦中惊醒。

16

赫叔说："不要告诉别人我们从哪里来。"在我们推销的电器上，写的是上海的牌子。于是我们就冒充是上海人。可是在桂林，有一个经营一家小五金店的老板，是宁波人，他接到我们的业务信，竟兴致勃勃地来谈生意。对我们来说这是一笔大买卖，他希望我们的产品能在他的柜台上出售。问题是，我们是流动的贩子，我们一出货，希望马上拿到现金，我们并不需要代销。那么他就必须从我们这里进货，还不能订货，我们的货一出手，就要马上走人，因为这东西，并没有我们自称得那样好。我们告诉他，我们的工厂很大，我们的供销经理很多，我们的业绩考查就是现场交易量，如果你要，我们可以按照批发价给你，比别人便宜一半。显然这位老板很高兴。在讨论价格的时候，他也许希望与我们拉近关系，听说我们是上海人，他高兴地说起上海话了，"阿拉侬"不绝于耳。我们经常出入上海，虽能大概听懂一些，尤其是走江湖的赫叔，可是上海话，你真叫他说，他半句也不会。但他还要装，普通话与温州话夹杂成上海话——他自以为是。宁波人傻着眼，一副无辜的样子。我只好说，我们不是上海人，我们在上海工作。赫叔连忙说，对对对，他在上海大学毕业，就留在了上海。天，我那时不仅没有考上大学，遑论上海大学毕业？我顿时傻了眼。事实上宁波人说的是宁波话，也不是地道的上海话，他也一样心虚，所以我们一边哈哈笑，一边就把生意定下了。当他提走货的时候，赫叔大约正在盘算着几时消失。

　　赫叔与我在桂林待了没有多久，他就先行告退了，他自己跑去了柳州，把我一人扔在桂林应付局面。他走的时候还留下几个未完成的客户，是桂林下属县城的几个单位，他们都有意向购买我们的产品，现在我只需要上门推销，不必再发业务信等他们上钩了。所以我赶紧换了家旅店，免得那些已经购买的客户找上门来退货。我尤其害怕那个宁波人呢。

　　赫叔走的时候，留下了他在柳州的地址，并要求我将剩下的东西推销掉，然后在某日之前到柳州与他会合。

　　我孤身留在桂林，忽然之间我变得自由了，我可以自己安排时间，我自己决定买卖，俨然是一小老板。但是寂寞与孤独又像虫豸一样悄悄爬上我的心头。头几天我还沉醉在自由的快乐里，很快我就思念起赫叔来了。

　　在旅店里，有一个与我年纪大约相仿的小姑娘，是服务员，每天总是细致地为我打扫房间。她有白皙的肌肤，一双细长的眼睛流露着清纯，温柔中透露着青春的遐想，柔和的话语温软地拂过我的心头。她对我有着一点儿好奇，也有几分钦佩的样子，她总是说，像你这样，年纪轻轻就出门闯荡，是有志气有胆识的表现，将来一定很有出息。这使我备受鼓励，我忽然之间释然，并不再为我的行骗一般的买卖而羞愧，我觉得我是在为将来的大事业而进行必要的实践。我为我的工作找到了动机，找到了充分的理由。每天我都盼着她的到来。我的心里想着她的名字：莫小小。我看着她整理我的房间，一边欣赏着她忙碌的身影，一边聆听着她温软的语音，很是满足。这大约是我的心中产生的第一次恋情，是荷尔蒙或里必多的第一次化学反应。

17

桂林山水的美丽都在莫小小的眼睛里，除此之外，在我如此年轻的心里，还能有什么呢？对旖旎的风光，我竟然没有多少感受，这并不奇怪。我偷空走到象鼻岩，看那岩石般的山峰兀立在清澈的漓江中央，亦不觉得自然的造化有什么神奇，却是在熙熙攘攘的人群中凑个热闹而已。我在石滩上租借了一件古代的戏装，戴上古人的帽子，顿时就像一个放荡的"狂生"，犹如戏文中戏弄良家女子的浪荡子，在象鼻岩前拍了一张照片，算是立此存照，或曰到此一游。漓江上还有披着斗笠的渔夫，站在竹排上，肩上栖息着叼鱼的鹭鸶。

我还去了一趟芦笛岩，在巨大的溶洞中走一走，一个人混在大群游客中，免费听取导游的解说。其实所有的解说都是千篇一律的。我一个人走在桂林的街头，在接下去的日子里，彻底成了无人关照的流浪儿。一个19岁的轻薄的少年，在远离家乡的土地上游荡。

但我还要完成赫叔交给我的任务。按照赫叔给我留的地址，我坐了一趟车去阳朔。车沿着漓江，在漫天的灰尘中颠簸，路还没有修整，于是尤其辛苦。我以为阳朔是幽静而别致的，但是赶集的人流与嘈杂的环境，让我颇有些失望。我在阳朔没能卖出随身携带的机器。我给他们演示了一番，可是他们终于下不了决心。回来的时候我颇有些沮丧了，辛苦倘若能够换取成绩还好，可我却是白跑了一趟。

第二天，我去了一个更远的地方，记得似乎是一家位于远郊的饲料厂。我沿着那条幽静的乡间小路一直走，手里提着漂亮的纸皮箱，里头装着饲料厂要的机器。天越来越阴沉，路越走越长，路上再也看不到人家了，只有田，只有树。可是那又怎样？我必须走到那该死的饲料厂。忘了究竟走多久，我才到了那里。那是用砖砌成的一座平房，连着三间。我找到厂长，告诉他们我从哪里来，我皮箱里的机器就是他们几天前打过电话问询的，现在我提过来了，给你们演示一下。厂长冷漠而轻蔑地看了看我，说："不用了，我们不需要。"我正还想说下去，他却让人将我直接轰了出去。

回来的路就更长了，我不知道走了多久，直到天黑。除了早餐，我一天没有吃东西，我根本就不知道这个饲料厂有那么远，而我的身上只有几个乘公交车的硬币。当我终于走到一个有人家的门口，屋檐下亮着一盏灯，一位老太太在门口摆了一个小摊，卖点香烟。我向她问，有没有一点吃的，哪怕一碗粥。老太太眯眼看着我说："孩子，你从哪里来？"我说："我从外地来，到前面的饲料厂去办事，走得好累。"老太太蹒跚地走进屋里，真的为我盛了一碗粥，她说，这是她为自己准备的晚餐呢。我说："那怎么行？"她说："没事，孩子，我在家里，而你出门在外呢。"我也就不管了，狼吞虎咽一般喝下那碗粥，那是我喝过的最好喝的粥啊。老太太一直微笑着看着我。当我喝完粥，我习惯性地抹抹嘴，轻易地说："要多少钱？"老太太顿时黑了脸，摇着头说："我的粥不卖钱。"我为自己的虚伪与油滑感到非常惭愧，直说对不起。但这一声对不起能有什么作用呢？

我咬着牙回到旅店，我汗流浃背，就像湿透了的猴子，被耍猴的人一阵鞭打后，躺倒在肮脏的水沟边一样。只是，那碗粥，让我感到了人间的温暖，所有的屈辱在那一瞬间都释放了出来，我倒在床上，泪如雨下。这是我长大后第一次哭了，也是唯一的一次，感到委屈。

第二天，却不见莫小小来打扫我的房间。我病倒在床上，真希望她的出现。或许奇迹就在她那里。只要她发现我是多么需要她，而她又发现我的生病对她来说是多么心疼的一件事，那么奇迹就会发生。可是她没有来上班。我想象着奇迹，就这样过了无聊而痛苦的一天，我再也待不下去了，桂林对我没有什么值得留恋的。我决定提前去柳州。

18

在这山花烂漫的时节，我从桂林一路到柳州。记得柳州的街市热闹而喧嚣，我从柳宗元的祠堂前经过，只记得高大的门台像电影的镜头一样从我眼前一晃而过。在柳州，我没有停留，因为赫叔让我回一趟温州，将他在路上挣得的一大笔钱带回去交给他的妻子。而赫叔要去贵阳。赫叔在南方挣到了钱，也给了我一笔不菲的奖金。回温州照例要先到上海，然后从上海转乘大巴到温州。那时温州根本没有铁路，而公路一直蜿蜒在重重山区，颠簸崎岖。

我有了钱。这是我第一次挣到近千元，此前我在税务所当临时工，一个月才有 60 元。因此我一下子觉得自己就像衣锦还乡一般。在温州那几日，我每天与朋友们泡在舞场，我成了他们的大哥，因为我有钱埋单。那一年我还没过 20 岁生日，我喜欢舞场里打扮入时的女人们，尤其那些年轻的姑娘。我勇猛地邀请她们共舞，而内心却无比害羞胆怯，不敢与她们说话，更不用说调情。

我之所以写下前面的这些话，是因为在几天后，当我重返南国，在贵阳与赫叔会合后，居然有了一场美丽的艳遇。而那一场艳遇终于因为我的害羞而成为倏忽而去的一场梦境。

在温州待了几天，我就按照赫叔的要求，去贵阳找他。

赫叔住在贵阳市中心的一家客栈，如今我早已忘了它的名字，但我仍然记得，那似乎是一家有些岁月的大宅子，门台倒有几分气魄，但里面已经破败。客栈中的女服务员都比较年轻，而我发现，客栈中住了很多温州人，都是一些小买卖人，也有在当地承包建筑项目的包工头。

我赶到贵阳的时候，已经是晚上了。赫叔说，一起出去走走吧，顺便吃点消夜。贵阳的夜市看起来与温州一样热闹，这样的情景是我喜欢的。虽然我生性内向害羞，但我还是喜欢热闹。就在客栈的不远处，街的对面，有一家小排档，卖一些小点心。赫叔问："你喜欢吃什么？"我怕辣的，就点了一碗甜的汤圆。赫叔点的什么，我就不记得了。我们找了一张小桌子，坐下来。这时赫叔看见了旁边的小桌子边，正坐了两个漂亮的女子，衣裳时髦，化着浓妆，看起来不像本地人。赫叔就用温州话对我说："你看，这两朵花儿倒挺漂亮的。"花儿是温州方言中的隐语，指的是妓女。我跟着"咦"了一声，表示赞同。这时这两朵花儿竟迎着我们看过来，其中一位看起来老练一点的，用温州话对我们说道："勿懵讲，我们可不是花儿。"

赫叔虽然有些尴尬，但还是很快缓过来，热情地招呼她们说："唉，都是温州人啊，我请客我请客。"两位女子倒是大方，在我们身边坐下来。我们就这样认识了。后来我们才知道，她们与我们住在同一家客栈，而赫叔竟从没有见过她们。

我已经忘了她们的名字，但我记得她们是表姐妹。她们跟随各自的丈夫来到贵州。她们的丈夫就是包工头，她们租住的那家客栈，似乎是他们的中转站或总部所在，他们长期奔走在各个工地间，那家客栈只是他们经常歇脚的地方。

我们一起回客栈，其中那位老练点的，邀请我去她的房间坐坐。她的房间在走道另一边的尽头，难怪赫叔从没有遇见过她们了。我在她的房间坐了挺久，也就是聊天。回来的时候已经很晚了，赫叔只管睡觉，他似乎早已忘了我的存在。

19

她是寂寞的，她的眼神有些哀怨。我至今还记得她的眼睛，那是一双美丽的大眼睛，她的眼睛会说话，她微笑的时候，是眼睛在微笑。但她说话时，那温柔的音调中却常常透着粗鄙的语言。

她向我数落着她丈夫的坏，具体地说就是，她那赚了很多钱的丈夫喜欢出去鬼混，最严重的是有一次，被人设下圈套，想勒索她丈夫的钱财，结果，她的丈夫因此被揍得像熊猫一样回来。我相信她说的。

她说她并不在乎丈夫的行为，他玩他的，而她也要寻找自己的快乐。

她经常找我聊天，我不知道她将怎样寻找属于她自己的快乐。现在回想起来，那段时间，她说的属于她的快乐就是我的存在，她要将我带进她的快乐世界，但她的话语总是止于暗示。而我始终没有明白，而且在她面前，我真的还有几分害羞。倒是赫叔看出点端倪，他告诫我说，你要小心。

在贵阳住了几天后，我换下身上的衬衣，在盥洗室准备清洗。她说："你不要忙了，我来吧。"除了母亲，这是第一次有女人为我清洗衣服。我深受感动。现在我知道，她大约从来没有洗过衣服的。因为她将我的衬衣泡在热水中清洗，拧干后衣服皱得不成样子。客栈中又没有熨斗。她很抱歉地对我说，下次就不会这样糟糕了。

其实我没有多少在意。一个少年孤身在外，对身上不多的几件衣服哪有什么讲究，只是那皱巴巴的衬衣穿在身上，被赫叔笑话了好几次。

我明白她有几分在意我。但她的每一次暗示，我都没有彻底明白。20 岁不到的我，属于特别不解风情的那一类。她也没有机会再给我洗衣服了，因为第二天，我们，赫叔与我，就离开了贵阳。

在以后的岁月中，我才慢慢地体会出她的那些暗示，她的幽怨的眼神，以及那眼神后面隐藏的情。但我再也没有见过她。她告诉过我她在温州的住址，说，她家的门面在那条巷子里是最气派的，而她家所在的那条巷子，离我家很近。但我没有再遇见她。

这就是贵阳与我的第一次亲密接触，而这种接触却是发生在我与一位已婚的同乡少妇之间。它就像一阵轻风，从我身边轻轻吹过，没有留下一丝痕迹，却又在我的心里留下特别的印痕。

20

从前的印象是混沌的，从前的印痕也渐渐模糊。而现在，它是那样清晰地浮现在我的面前。

从前的贵阳，真正让我有一次心动的，是我在桃花丛中遇见的一个姑娘，而不是我的那位同乡少妇。

赫叔总是将最远的客户交给我，那天他交给我的是贵阳远郊的一家工厂。似乎是一个国营的单位，规模相当大，但工厂却是建在山区的。我忘了我是如何找到大山深处的那家工厂的，但我就是找到了。那时正是桃花盛开，漫山遍野都是。厂长是一位东北人，是南下的干部，大约从战场上下来，留在了当地。他有着东北人的豪爽与好客，对我非常热情，还介绍我认识了他的女儿。他的女儿大约与我年纪相仿，青春美丽。她也在那家工厂上班。

对于这位厂长，我心中是怀着愧疚的，因为我对他撒了谎。

当我走进他的办公室的时候，他正在那里等我。我老练地先给他递上一支香烟，然后就向他描述这建立在山坡上的工厂有多么难走。我向他推销的机器根本就不是那么回事儿，我夸大其词，演示的时候我还做了手脚。我已经渐渐上路了，我能够很好地完成赫叔交给我的任务，每一台机器我都能卖个好价钱。我面目清秀、谈吐文雅，人们对我比对赫叔那"老奸巨猾"的样子信任多了。

他充满欣赏地看着我，说："你年纪这么轻就出远门当供销员了，不错啊。"他为我泡了一杯茶，并留我在厂里一起吃午饭。他诚恳地看着我，根本就没有怀疑我的产品是否和我描述的一样。他叫财务立刻付钱，还对边上的人说，这小子有种，将来一定有出息。甚至还叫他的女儿带我在山上走走。在凉风习习的山间，的确很惬意。他的女儿对我说，她父亲挺喜欢我的，觉得我年纪轻轻就闯荡江湖，有点像他当年的胆识。

　　其实，这一路，遇见的很多长者都对我这么说过，但现在的我，心中早已没有了窃喜，只有暗暗惭愧。下山的时候，厂长派了一辆卡车送我，她的女儿与我一起下山进城。卡车在蜿蜒的山路间缓缓而行，姑娘与我挨得很近，我能闻到她身上淡淡的清香。我的心在暗暗思量，我不能再这样跟随赫叔闯荡江湖了，我的良心受到了谴责，尤其对这样美丽的姑娘与她热情真诚的父亲。

　　作为一个推销员的这短暂时光，我的青春在屈辱与欺瞒里成长着，我曾欺骗了那些信任我的人，也曾被很多人瞧不起，而被轻蔑地打发走。在火车上，在路上，在许多个黑夜，我孤独地奔走着，心里无数次地问自己，你就打算这样过一生吗？而内心无数次的回答，都只有一个字："不！"

　　于是，在那一次从贵阳回到温州后，我就告别了赫叔。我再也没有从事这个推销员的职业了。

　　赫叔后来赚到了很多钱，回温州开了一家很大的餐馆。

灵魂无法修补，
未来却能从眼前开始努力
/////////////////////////////////////

黄金贵的草药铺

　　蒲鞋市菜市场门口有一条昏暗的过道，从这条过道穿过小巷，是通向龟湖路的捷径，因此也就人来人往，并无落寞萧条的景致。过道口略宽，刚好可以摆下一个草药铺子：一个镶着玻璃的木柜，和两个竹篓，划出一半过道的面积。里面一张小板凳上，坐着一个瘦小的老头，约莫70岁，眼窝深陷，皮肤黧黑，塌鼻梁下是一张大嘴，这相貌可以说是丑的，而整个人看起来，是明显营养不良的样子。但他伸出的双臂，倒是肌肉结实，走起路来肩垂臀夹，显得手臂特别长，有点像类人猿的模样。老头常年是一件黑色的夹克，抓草药的双手指甲里，还有黑色的污垢。但来买草药的市民从没有注意这一点，却对他的药铺的名字津津乐道，因为，在过道口的墙壁上，高高地悬挂着一面旗，上面写着："黄金贵草药铺"。有些过路人就笑着说，黄金本来就贵，还用你说？可是看你这药铺，一点儿也没有富贵的样子啊。说实在的，老头穷，冬天的时候，还常有做义工的年轻人来给他捐点衣物什么的，老头总是一边推辞，一边羞怯地接下来，黧黑的脸上泛起红晕，憋成酱紫色，颇让人担心他的心血管负担会不会太重。

其实，老头出身并不穷，他可是黄家唯一的男丁，一个十足的少爷，他出生的时候，身为钱庄老板的祖父就给他取了"黄金贵"这个名字，本是希望这长孙能够继承家业，一世富贵的。

黄金贵的母亲却很漂亮，活到90多岁，前些日子还常到草药铺来，给黄金贵送饭。老太太喜欢穿旧式的对襟衣服，衣料很旧，但打理得相当整洁，头发梳得一丝不苟，皮肤雪白，满脸富态。老太太与黄金贵相依为命，却不是他的亲生母亲。黄金贵从来没有见过自己的亲生母亲，对两位母亲的身世，他也只是听说。听说老太太出身名门，又十分美丽，是他父亲的正房，可惜不能生养。黄金贵的父亲倒不在乎，但碍于黄金贵祖父的催逼，就让自己的夫人给他物色一个，年轻的太太就到乡下山区物色了一个年轻力壮却相貌丑陋的女人给丈夫，后来生下了一个儿子。那妇人生下黄金贵，得了一些钱，也就回了乡下的山里，从此没有再来往。据说黄金贵小的时候，那妇人偶尔也偷偷来蒲鞋市看他，而富贵中的小少爷，从来没有注意到。他只知道屋里的太太才是他的母亲。而这位太太，对他真的视若己出，呵护备至。

蒲鞋市的半条街，原先都是黄金贵的祖屋，三进九间。据住在蒲鞋市的老人说，在蒲鞋市，雨天根本不用打伞，只要沿着黄金贵家九间的屋檐走回家，都不会被雨打湿。

黄金贵长到 10 岁的时候，他的祖父有一天将他叫到身边，对他说，外面兵荒马乱的，你要学点功夫，把自己练强壮，还可以防身。黄金贵从来不知道祖父还会武功，直到他 60 岁以后，才有空去市图书馆找到一些关于祖父的材料，也才知道祖父在民国十八年就参加过全国武术游艺大赛。当年他的祖父教了他两套拳，一套名曰五鸡拳，单腿独立，十指弹出，出其不意，刚柔相济而迅猛无情。另一套曰小八卦拳，四正四隅，肘击身靠，全是连手短打，相当实用。还有一路小八卦棍法，与拳法一样，乾坤挪移，阴阳分明。祖父还教了他一些医药知识，教他学会认识一些草药。祖父对他说，练武的人不能不懂草药，最好能够精通伤科与金疮药。过去很多师父出门在外，被挑战的人打伤，往往是假装自己毫发无损的样子，回家关起门悄悄疗伤，从不会上大夫那里去，因为一旦传出去，说某某被打伤了，那是很倒霉的事。

黄金贵却不以为然，他不相信斯文如祖父，还有这些宝贝东西，他始终怀疑这些拳法、棍法到底有多用，但祖父告诉他，这五鸡拳法练的是心经，嘱托他一定要好好练。

但好景不长，很快他们家的祖屋就没了。他的父亲也被当作恶霸枪毙了。那一年，黄金贵才 13 岁。他父亲被捕的时候，钱庄早已解散，他的祖父也病倒了，临死的时候，只对他来得及说一声："练好小八卦，走遍天下都不怕。"黄金贵记住了祖父的嘱托，也勤学苦练了一阵子。

黄金贵的父亲被拉出去枪毙，黄金贵却不知刑场在哪里。他划了一条船去收尸，船上放一口棺材，沿途就问乡人。乡里人眼看着黄家被镇压，也懂得了翻身的幸福，对落难的少爷不仅没有同情，反而有些幸灾乐祸了，就指了相反的方向。13 岁的黄金贵努力划船，偏偏小木舟不听使唤，到了河中央的时候，船翻了，黄金贵连同那口薄棺材都落入水里。黄金贵好不容易把小船翻转过来，将棺材重新摆好，一边划到那乡人指的上河乡，到了目的地，却见阳光明媚，一派祥和，哪有什么刑场的样子？一问，才知刑场在下河乡，黄金贵又撑起竹竿，往下河乡划，到了都已经是黄昏了，只见父亲倒在泥里，大睁着惊恐的眼睛。黄金贵都已经没有力气哭，只身一人，以一个 13 岁少年柔弱的力量，咬咬牙硬是把父亲的尸首拖进棺材里，运回家已经是夜里了。母亲在河埠头举着煤油灯，等儿子归来，黄金贵直到见到母亲，才扔下竹篙，凄厉地尖叫一声，那一声叫直直地划破夜空，在蒲鞋市空空的河埠头两端回荡。

　　母子俩抱头痛哭了一夜。

　　黄金贵的祖屋都充了公，住进许多无房户，黄金贵与他母亲只占楼梯下一间小屋，门口摆个煤球炉，日子开始在煤烟与嘈杂声中艰难挨过。母子俩其实无以度日，还是黄金贵想起祖父教给他的草药知识，他从那张唯一剩下的黑檀木大床上走下来，对母亲说，妈妈，你别着急，我在巷弄口的菜市场边摆个草药铺，我识得那些草药，可以挣点钱过日子。

　　这草药铺也就从那时候摆下了，黄金贵没有想到的是，这铺子一摆居然就摆了50多年。他坐在铺子里，就像一棵难以长高的矮人松，沉默、木然，却也阅尽世态炎凉。只是，这世态与黄金贵毫无关系，谁也没有注意到他——13岁的少年，一对母子落在人间的一个角落，如同两粒尘埃。黄金贵从一个白白的少年，也慢慢地变成一个瘦小的、黑黑的青年了。他常出门去郊外采点草药，落地金钱、白兰根、白茅根、防风什么的，都是普通的常见的草药。凑巧邻舍有个伤风感冒的，去他那里抓药，他开出的药方有时也挺管用。但他从来没有成为神通广大的中医，他不吹牛，也从不跟人说他能开药方，要吃什么药，他都是随口一说，抓出几味放进纸袋里，包了给人家，只收一点廉价的草药钱。他甚至不敢高声地与别人说一句话，生怕别人想起他是钱庄老板的孙子来。他见人只有喏喏，点头，哈腰。日子久了，他也显得驼背了的样子。

偶尔，他能省点钱下来，就到菜市场里买个鸡蛋，回去给母亲煎个荷包蛋，煎好后放点糖，加开水煮一煮，他母亲最喜欢这口味，这是他从小就记得的。那时家里还有仆人，可是从他7岁那年，他就学会了这样煎荷包蛋，吃消夜的时候，他总是抢着煎一个给母亲，一个给自己。母子俩一起吃，那是一天中最开心的时候了。现在，他只煎一个给母亲。母亲看着他瘦弱的样子，舍不得吃，他就说："妈，我年轻、有力，你才要补一补。不信，我演一套拳给你看。"

黄金贵记得祖父的话，这拳是练心经的，所以，他觉得疲乏的时候，就悄悄在屋子里练一练。所幸这小八卦拳与五鸡拳向来不需要很大地盘，所谓拳打卧牛之地，只要一张八仙桌大小的面积，就可以拳掌并用，挥洒自如了。

但他一套拳下来，有时气喘吁吁，眼冒金星。他知道这是因为自己一天没吃多少东西，这时他就到后院的井口，打上一桶水，慢慢地喝了。他觉得，井水比自来水有营养，那里面有大地的力量。他打内心里感谢祖父教给他的这两样东西，虽然他吃得少，但练了拳之后，精神却很好，他觉得自己的心跳变得有力。只要心跳有力，那就是生命力，他这么想。

街坊里的小混混儿中有一个名叫爱国的，喜欢带着邻居小孩到处玩，然后以老大自居。他常常提着一条直径大约两指宽的齐眉棍，在街巷中游荡，遇见自己认识的邻居小孩若被别的街坊小孩欺负了，也不管有理没理，直接挥舞着棍子闯过去，非要一个赔礼道歉，当然，少不了要人家赔支烟什么的，算是得点便宜，才罢休。从蒲鞋市到美人台，大约1公里路的光景，这1公里爱国便自认为是他管辖的地盘。美人台住着一个"老右派"，见了爱国拖着条棍子来，便大喊"法西斯"，爱国也不理会，因为在"老右派"那里从来榨不出一点油水。

贼头贼脑的爱国有一天偶尔看见黄金贵在屋里练拳，初始着实吃了一惊，以为这瘦弱的黄金贵真人不露相，原来还有这一手。第二天，他看见黄金贵从弄堂里出来，毕恭毕敬地弯了一下腰，叫了声老师，可把黄金贵吓了一跳。爱国说："你这拳……"黄金贵一听就明白了，赶紧说："我哪里会什么拳，那是自己乱舞的，伸展一下筋骨而已。"

爱国姓赵，比黄金贵小四五岁，他常觉得自己是宋太祖赵匡胤的后代，哪里会把瘦弱的黄金贵看在眼里？他总觉得，黄金贵的拳是无用的，虽然打心眼里，他对所有的拳术都还有几分敬畏，但这拳如今却出自黄金贵的身上，他就有了想试一试的念头。于是，他就趁黄金贵往药铺走的时候，从身后搭了一下他的肩膀，却不曾想，自己的手搭了一个空，定睛看时，黄金贵已走去颇远。他觉得奇怪，追上几步，再搭，黄金贵却不见了，再看，黄金贵已坐在自己的草药铺里，像一棵矮人松一样端坐着，正抬眼看着他呢。赵爱国越发觉得不可思议起来，他哪里知道，黄金贵深知自己力气小，只有逃的份儿，没有还手之力，所以走得急，没有停顿，又因为每天练得小八卦步，虽都在屋里走，四正四隅也早已烂熟于心，只是一急，自己也不知道，就脱了爱国的那只脏手，叫他一再地落了空。

从此，赵爱国就把黄金贵当成自己的朋友，整天黏着他的草药铺，想学他几招。黄金贵虽胆怯，但心里镜子一样明白，哪里敢教他一招半式？嘴里只是敷衍，这样的日子，倒也相安无事。

黄金贵是直到三十出头才娶的老婆，还是他的母亲从山区给物色的一个远房的村姑。那姑娘臀大腰圆，看起来很是强壮。黄金贵母亲喜欢这样的女人，她始终觉得这样的女子能生育，又能干活，可以兴家，可以守业，更不用担心红杏出墙之类的事。她深知自己的儿子怯懦，若是什么美妇，不要说讨不来，即使运气好给你娶到家，也是守不住人的心啊。

　　这新娶的妇人倒真是勤快，里里外外都是一把好手，又到街道里谋了一份卖香烟的许可，于是在黄金贵的草药铺边上，又摆了一个烟摊。日子似乎也红火起来，黄金贵本是节俭的人，多了一份收入，自是小日子也有鱼有菜了。这是黄金贵认为有生以来最幸福的时光，幸福来得突然，也去得匆忙，正因为太短暂，于是这时光便直到如今还是让他念念不忘——如今他都70了，说起那段时光，眼里还会流露出一丝兴奋，也有一丝怨恨，他总是说："要是没有赵爱国这个'法西斯'，也许这日子可以一直延续到现在呢。"他学着美人台的那个"大右派"的口气说。那个"大右派"那时常常到他的草药铺抓药，据说是个诗人，住在美人台边上一间四壁透风的老房子里。有一天，"大右派"害了伤风，咳嗽了一个月也不见好，拿着一张老中医的方子到黄金贵的草药铺里抓药，黄金贵看着方子说："我建议你加一味防风，一定管用。""大右派"也没什么反对意见，一副逆来顺受的样子，结果吃了三服药还真就好了，回头对黄金贵千恩万谢的。其实那方子谁知道要不要防风，而黄金贵也就知道感冒了就要用点防风。自此"大右派"就常来草药

铺聊天，说起黄金贵的爷爷与父亲，"大右派"还会唏嘘几声，
颇多同情。

直到20世纪80年代初右派都平反了，"大右派"也还来。
这时的黄金贵已经得了一个女儿，整天抱着宝贝女儿在草药铺
里。黄金贵与同龄人比起来，算是老来得子了，所以对女儿，
他是百依百顺。"大右派"来的时候，若是看见赵爱国在黄金
贵老婆的香烟摊里聊天，就瞪一眼，匆匆走开，从不停留。他
总是对黄金贵说，那个"法西斯"，你要小心。黄金贵总是无
可奈何地笑笑。赵爱国那时开始干起走私香烟的活，还走私录
音机、手表什么的，经常在望江路码头那里出没，据说是从台
湾走私。有一次，赵爱国从一艘台湾来的船上弄了一箱白酒回
来，说是高级进口白酒，要高价转卖，蒲鞋市菜市场的几个专
卖南北货的班头拿来一看，竟是温州藤桥产的本地货，卖得极
便宜，才两块钱一瓶，让台湾人走私到台湾，而今居然又被赵
爱国倒回来，于是被一顿奚落与臭骂，从此赵爱国的生意在蒲
鞋市几乎就没有了市场。

但赵爱国终于是有钱了，他戴在脖子上的金项链有指头那
样粗，黄金贵的老婆看见赵爱国来，笑得眼睛都不见了。黄金
贵的老婆虽然嫁了黄金贵，也听说了黄金贵的祖父当年在家里
的时候，是用簸箕来盛银子的，可是她这辈子还从来没有见过

指头一样粗的黄金呢。她常说，黄金贵黄金贵，你既无黄金，更不显贵。她也越来越嫌弃黄金贵了。直到有一天，她对黄金贵说，自己要回茶山娘家一趟，从此竟杳无音信。黄金贵去了茶山询问，反被娘舅一顿臭骂，说是自己没有看好老婆，到娘家兴师问罪没有道理，甚至威胁说，要他负起责任来，质问他是不是把老婆卖到山西去了？黄金贵经不起七嘴八舌，只好抱着头逃也似的回了蒲鞋市，入夜的时候，对着女儿一阵发呆。

黄金贵的母亲也就是那一年去世的，去世的时候，只对儿子说一声，别去找那妇人了，不见就不见了，即使将来有一天回来，你也不要让她进门，做男人，要硬气一点。说完就咽气了。

黄金贵办完丧事，待在草药铺里一动不动，觉得秋意四起，不知何处御寒。"老右派"却来告诉他是赵爱国拐走了他老婆，说他看见赵爱国带着黄金贵的老婆，真的去了山西，他是在一次去山西开的学术会上，看见赵爱国与那妇人在太原火车站开了一个"温州发廊"。黄金贵不相信自己的老婆会干出这种事来，但她从此不归，是当真了的。

黄金贵独自拉扯着女儿，而草药铺的收入，越见微薄了。没有了妇人的支撑，黄金贵发现，所有的日子都是虚幻的，他好像是被无缘无故地抛在了这世上。只有当他在夜深人静的时候，一边回想着祖父，一边练拳的那一刻，才觉得人生是实在的、是有力的。温州南拳在开拳的时候，要吼一声，锁喉，瞪眼，塌肩，悬顶，催劲，不知道的人，以为那是一种虚张声势——这是对的，与人搏斗，总要先虚张一下声势的，就像印第安人的战斗，可见温州南拳的古老与原始——但这只理解对了一半，而其中还有真实的用处，是锻炼一种整体的劲力，可以一击而使敌人毙命。但黄金贵从来不敢吼，只怕那粗野的吼声吵到了左邻右舍，也怕被人知道后笑话他的虚张声势。于是，他开拳就憋着气，一套拳打完，两手发麻，嘴唇发紫，浑身乏力。他始终觉得这是因为自己营养不够，力气越发地小了，他相信如果能煮个鸡蛋给自己，那么这些症状就都会不见的。于是第二天中午，就到门外煤球炉上的铅锅里放了一个鸡蛋，用扇子扇着炉火，看着水慢慢地沸腾。

当他觉得鸡蛋要熟了的时候，就用一双筷子在水里夹鸡蛋。从小的时候，他的母亲就教他说，看鸡蛋有没有煮熟，用筷子夹一下就知道了，如果总是夹不住，就是没有熟。黄金贵用筷子使劲夹，两只手却颤抖着，很难夹住。他知道这不是因为鸡蛋没有熟，而是因为自己吃得太少，没有力气。不过他终于还是夹住了，小心地用一个小碗接住，用冷水浇一下，免得剥壳时黏住。这时，他的女儿放学回家，一蹦一跳地从院子里走来，看见黄金贵，轻轻叫一声："爸。"黄金贵的心都软了，问女儿："肚子饿了吧？给，刚煮好的鸡蛋。"女儿就像一朵花，无论用什么滋养都不为过的。他舍不得再煮一个鸡蛋给自己，女儿的学杂费还要全靠他的草药铺那一点可怜的收入呢。

　　黄家九间大屋，政府说要落实政策，发回了一间两层的厢房给他。黄金贵终于有了自己的房产。他千恩万谢地拿着那本红通通的房产证，对女儿说，我爷爷的祖屋，总算没有败在我手里，我这一生，要说有什么作为，就是守住了这一间屋。黄金贵的前30年守着母亲艰难度日，后30年就守着女儿直到她出嫁。媒人来说媒的时候，只是告诉他，对象是个老实的年轻人，黄金贵觉得人老实很重要，就同意见一面。小青年人不高，但结实有力，机灵的小眼睛下是一只大鼻头，媒人说，这大鼻头可是带着福气的。黄金贵问："他是做什么生活的？"媒人说："他也是手艺人，宰牛。"原来是个屠夫。黄金贵刚一听，觉得有什么地方不对，觉得这总不是一件善事，是见血的杀戮。媒人似乎看穿了黄金贵的顾虑，说："宰牛的可是大生意，他们家都起了四层楼的大屋，生活条件可好了，人家没有看不起你家穷，就图你是个正经人家。"黄金贵被一说两说，也就无话可说了。那年轻人来家里，见了他女儿，喝了黄金贵亲手泡的茶，吃了一颗糖，算是表示满意，这门亲事就这么定了。

女儿出嫁了后，就很少回家来，说是忙，也确实忙，生了两个儿子，又要赶早去菜市场卖牛肉。黄金贵也知趣，除非女儿回家，他能不去女婿家就不去，哪怕逢年过节也是这样了。

黄金贵越发地觉得日子的寂寞，他每天都守着自己的草药铺，一日三餐也都在草药铺里吃了，只等到入夜了，才锁了玻璃柜，慢慢地走回家。但他也感到了一种轻松，觉得那虚无的生命似乎变得空灵了。他很早起床，就到公园里打拳。他已经60出头了，日子也宽舒了，不再是什么地主儿子了，邻居都换了一拨又一拨，没有几个人认识他。在公园里，他开拳就吼一声，这一声吼，终于可以尽情地发出来，他觉得心胸都敞开了，才知道，过去双手发麻，都是因为憋着那口气。他也终于体会到，练拳是要用心去领悟的。

公园里有一个妇人也常常早起，来同一个空地锻炼。她见黄金贵一脸和善，就问他说："你这是什么拳？"黄金贵说："是五鸡拳。"那妇人咧开嘴笑，说："鸡也会打拳？"黄金贵一脸正经地说："当然，你不知道？这五鸡拳有名的师父都在灰桥，那里的公鸡也会打一路呢。"说得妇人咯咯笑，黄金贵忽然觉得，她的笑很迷人。

周六、周日的时候，黄金贵也去教堂。教堂就在黄金贵的草药铺斜对面的街上，过去曾被征用为纺织厂，它是与黄金贵的祖屋同时落实政策，几乎是同一天重新开放的，但之前黄金贵并不注意，直到女儿出嫁了，他孤身一人，周六、周日的时候忽然觉得很寂寥，而教堂里却很多人。黄金贵原想去凑个热闹，但听着台上的牧师讲道，越发觉得在理，也就信了。去教堂，成了他的节日。

　　妇人是死了丈夫的，家里只有一个儿子。黄金贵与妇人渐渐熟络了，竟有些依恋，每日都要见一面。妇人偶尔也去黄金贵的草药铺，有时带去一碗乳鸽汤，说是给他补补身子。周六、周日也常去教堂唱诗歌。她一唱歌，黄金贵就觉得天堂就在眼前。这样一来二去，就有好事者来说，你们就团了吧。蒲鞋市的人说话，都是有点明朝的味道，用字简练，说凑合着过，就用一个"团"字，听起来一点也不马虎凑合，倒是认真团圆。

　　黄金贵没有通知他女儿，就让妇人住进了自己的祖屋。他也没有多想，只觉得自己老了有个伴，一定是神的眷顾了。

　　可是黄金贵的女儿听到消息，却很生气，与丈夫一起赶回家来，说是没有经过他们的同意，那女人怎么可以住进自己的家里。黄金贵说，这里什么时候成了你的家啦？自你出嫁后，你都不愿意来住上一晚呢。他女儿说，无论如何，那妇人都不能住进来，她肯嫁给你，就是看你有这间值钱的祖屋。除非……

　　除非什么？

除非你写清楚，这间祖屋的遗产由我继承。

黄金贵气得发抖，他这辈子还没有这样生气过，他大叫一声："我还没死呢！"挥起一个巴掌就要打女儿，可是举起的手，却一直在半空僵硬着，他的脑子在气急败坏中还在思考的是，这练了这么多年的巴掌，会不会把女儿打坏了？最后，黄金贵若无其事地说，我给你们写这份声明。

黄金贵很快就写好了声明，对女儿说，你们自己去办理公证，这屋，我不住了，都留给你们，还有那个草药铺子。它们本来就属于你们的。

第二天，他就搬家了，搬到那个愿意收留他的妇人家里。搬家的时候，黄金贵居然头也没回。那妇人把黄金贵接进屋里，一只手握着他的胳膊，只说一句：黄金贵黄金贵，黄金本来就贵，到了你身上，怎么就贱了呢？说得黄金贵哈哈笑起来。他这辈子，有这样笑过吗？好像还没有呢。

从前住蒲鞋市的老邻居，若是走过那菜市场的门口，可以看见黄金贵的草药铺依旧还在那里，铺上的旗子还插在高高的墙上，只是，旗杆上积满了尘埃，与紧锁的玻璃柜一样。铺子里的那张凳子空着已经很久了，就像移走了矮人松的花樽，只剩下干裂的泥土。若是问起黄金贵，熟悉的老邻舍会说，曾经有一天看见他在体育馆的露天舞台上表演过南拳，老头越活越有精神了呢。

一双致命的鞋

　　城西，拉瓦咖啡馆的大橱窗擦得雪亮雪亮的，从街上看进去，能看见亮着灯火的橱窗里，是一张齐胸高的吧台，吧台后的高凳上坐着两个喝咖啡的男女，那男的穿一件黑色的休闲西装，女的穿一件低领的罩衫，蓝色的项链垂挂在脖颈上，熠熠生辉。

　　谁也不知道这是不是王老头从这家咖啡馆的橱窗前经过时所看到的。但可以肯定的是，王老头看见了那一双鞋，那一双穿在男人脚上的皮鞋。王老头站在橱窗面前，露出完全满足的笑脸。那是一种开心的、幸福的笑容，他将这个无比灿烂的笑容献给了那个橱窗里正在与女人说着无聊话题的男人。那个男人最初以为他是一个乞讨的外乡人，并没有理睬他。于是王老头继续对他笑着，像是在对他打招呼。于是男人定睛地看着他，王老头就笑得更开心了，他向那男人弯下腰来，将目光投向他在高凳下晃荡的那一双皮鞋。这时男人看清了王老头的脸，他有一双细小的眼睛，在他灿烂的笑容里，眼角堆满了细密的皱纹，而可贵的是，他有一口雪白的牙齿——之所以这么说，是因为在那些上了一点年纪的、来本城打工的外乡农民中，大都长着一口被劣质的香烟熏的、不干净的黄牙，有些更是参差不齐的烂牙。在他弯下腰的时候，男人看清了他的背上正背着一个擦皮鞋的小木箱，而手上，正提着一个小凳子。男人有些不耐烦地对他挥挥手，让他走开的意思。但王老头似乎有些死皮赖脸不依不饶的样子，继续对着橱窗里的他们欢笑，一边又弯腰对着男人的那一双皮鞋欢笑，好像是在表示：我是多么喜欢你，多么喜欢你的那一双皮鞋，让我擦一下吧。

的确，王老头渴望擦那一双皮鞋，他那死皮赖脸的样子并不是想通过擦皮鞋而挣得两块钱的赏银，他是真的想擦鞋，他将擦鞋看成自己的工作了，他热爱着这一份工作。

"癫人！"橱窗里的男人终于不能忍受了，他觉得受到了打搅，这种打搅更难以让人接受的是，其中似乎还包含着一丝羞辱，好像在说："你擦不起一双皮鞋吗？你看不起我吗？你的皮鞋很脏啦！"本来，从咖啡馆的橱窗里看出去，街上的风景尽收眼底，是一件比较惬意的事，如今被王老头这么一搅和，竟至有些恼火了。

王老头听不到橱窗里的男人究竟在说些什么，他只看到那男人脸上的不悦——这种不悦对王老头来说太习以为常了——还有就是男人对咖啡馆里的服务员在说些什么，他挥舞的手臂幅度有些大。随后他就看见咖啡馆里的服务员从大门里出来，对王老头吼着："走开！"王老头用眼角瞥见，那年轻的服务员脸上写着满满的不屑，他苍白的脸上那一双乌黑的眼睛里，似乎还燃烧着怒火。可是这对王老头来说并不重要，重要的是那一双皮鞋没有出来，那一双他要擦的皮鞋，还在橱窗里的高凳上晃荡着，这令王老头有些不爽。王老头也许想，我又没有惹你什么，你一个服务员这么凶神恶煞干吗呢？你的皮鞋又那么脏、那么破，就是给我很多钱，我给你擦一下那也是看钱的面子啊。事实上，这是完全没有可能的。于是王老头继续对着橱窗里的那一双鞋子欢笑着，他弯着腰、歪着头，就差用手指着它们笑了。这让服务员有些惊诧，他用手推了一下王老头，但王老头并没有反应，于是他又推了一下他，这一下比较用力，王老头正弯着腰呢，他的一只脚踏在台阶上，另一只脚顽皮地悬在空中，于是竟至跌倒在路上了，背上小木箱的盖子飞了出去，箱子里，鞋刷、鞋油、小水壶，还有一只擦得锃亮的皮鞋及一些不起眼的小物件，蟹浆一般撒了一地，手上的小凳子，落在边上，被那服务员一脚踢出老远。王老头的脸磕在石阶上，磕坏了一块皮，鲜血却在很久以后才涌了出来。服务员在踢了王老头的小凳子后，心里有些后悔了，他看见王老头颤巍巍地从地上爬起来，去收拾那些个撒了一地的劳什子，终究心里有点不忍，但嘴里还是凶巴巴地吼他："叫你走开啊！"

　　王老头趴在地上收拾他的东西，他的身影从橱窗里消失了。现在，橱窗里的男人与他的女人不再受到打搅了，他们开始继续着看起来似乎热情的交谈，但气氛似乎不太像开始的时候那样融洽了。胸前挂着蓝色项链的女人有一双大眼睛，这眼睛虽然看起来有些空洞，但当她愠怒的时候，还是相当漂亮而真实的。她似乎对服务员的粗暴举动有些不满，而更让她不满的是坐在她身边的那个男人。他们似乎有什么话不对路了。那女人站起身来，脚步快捷地离开了座位，推开咖啡馆的门走了出去。站在拐角处的王老头听到了门上的铃声，他一阵惊喜地以为那一双鞋出来了，但他看到的是一双女人的高跟鞋。当这双高跟鞋从他身边笃笃笃地经过的时候，王老头发现它们停顿了一下，似乎有一点犹豫，有一点歉意，但很快便消失在夜幕中了。橱窗里的那个男人，有些尴尬，有些落寞，有些无奈，更有一些对那女人的离去假装出来的不屑。

　　王老头坐在地上慢慢地收拾他的物件，他有的是时间，只要那双鞋一出来，它们就逃不掉，他心里明白。他不是没有想过放弃，但自从他被推倒的那一刻起，他的心开始有了一股倔强的劲头，他是真的要擦亮那男人脚上的那双皮鞋。他对儿子说过，这不仅仅是讨生活，只有当你热爱你的手艺的时候，生活才不会拒绝你。

　　王老头是被他的大儿子带到蒲鞋市的，他的大儿子当过兵，在部队里学会了开汽车，算是有了一门技艺，退役后就以此谋生，专门给人当司机。让王老头不解的是，他那么老实的一个儿子，为什么总是被人解雇。每次，在他儿子被人解雇后，他总是对儿子说，你要敬你的手艺。他觉得，儿子的被解雇一定是因为他不敬爱自己的手艺，对开车不敬业。王老头的儿子说话有些大舌头，并且口吃。但他就是爱说话。他最后一个职业是给一个开饭店的女老板当司机，女老板有一个显然年龄比她大许多的丈夫，他来饭店并不多，但有时也会叫王老头的儿子开车接送一下。女老板的丈夫显然有更大的产业，是一个巨头的样子，十分气派。女老板对王老头的儿子似乎也不错，觉得他老实，对他信任。于是王老头的儿子就将王老头带了来，对女老板说，让王老头在饭店的门口替人擦皮鞋吧。于是王老头就带着二儿子一起来了。二儿子有点弱智，那是王老头认为的，因为他总是将眼睛定定地看着别人，而不说话。王老头的大儿子每天开着车去接送年轻漂亮的女老板。她每次去宾馆开房间会情人，也都是王老头的儿子开的车。对这事，王老头的儿子是高兴的，因为就好像他在偷偷摸摸一样，他是这一场游戏中的一分子，父亲不是说，要他热爱他的手艺吗？也就是要热爱他的职业。但是有一天，女老板的老丈夫似乎发现了异样，他对王老头的大儿子说，你只要告诉我，我就让你去我的大公司开车。王老头的大儿子心里就有了底了，于是就不计后果地将女老板的秘密都告诉了他。结果王老头连在饭店门口擦鞋的待遇也没有了，当然他的大儿子又被解雇了，他的大儿子跑到女老板的丈夫那里，却连个面也没见着，就被门卫轰了出来。但他还是留了一手的，因为那天女老板是连面也不想见他了，托了值班的经理告诉他解雇的事，王老头的儿子在将钥匙交出去的时候，顺便将车上的千斤顶与女老板落在车上的手提袋中的现金拿走了，他没有将现金全部拿走，大约拿了2000元，他觉得够了。这下他不仅成了告密者，还成了偷窃者，事后他又害怕女老板报警，竟丢下王老头，不知跑哪里去了。王老头大约有两年没有看见这个儿子了，他希望他的儿子爱他的手艺，他相信他的儿子没有音信是一件好事，这证明他一定改变了作风，在某个地方安静地从事着自己的手艺并热爱着，热爱得忘掉了老父亲了。

　　王老头与他的二儿子不得不住在得胜桥下的拱洞里了。桥下河水并不湍急，但河床宽，河水大约有些深。王老头从没有下过水，因为那水是黑的臭的，污染相当严重。他看着这水有时候会相当恐惧，因为他家乡的水从前是很清澈的，但这些年来也像这城里的河一样发黑发臭了，他似乎感受到一种末日来临的氛围。在一个暴风雨的夜晚，王老头半夜醒来，发现二儿子不见了，拱洞里只剩下一只他的皮鞋，那也是他大儿子在饭店的女老板那里工作时，女老板给的。王老头不知道二儿子去了哪里，当然他绝不会相信也许是被桥下的河水冲走了，他相信二儿子总有一天会长大，现在他长大了。他把二儿子留下的那只皮鞋擦得锃亮锃亮，收藏在自己的小木箱里。那双鞋的边沿有一个老人头的图案，记得当初女老板将鞋送给他二儿子穿的时候，他第一眼就看穿了那老人头，完全就是他自己的笑脸。他觉得，这双鞋穿在儿子脚上，他就有了依靠。

　　当王老头将那只二儿子的皮鞋收进小木箱的时候，他看见了橱窗里的那一双皮鞋终于落了地了，它们是那样漂亮，鞋带挺拔地在鞋面上摇头晃脑，尤其是棕色的鞋边衬着的那一个老人头的图案，从他的身边走过。王老头又一次欢笑起来了，他看着那双鞋，身不由己地跟着那双鞋。这时他脸上那块蹭破了皮的地方，血水开始渗出来了，而他自己却毫无知觉。那男人回头怒视着他，他就停了脚步，但他依旧灿烂地笑着。

"疯子！"那男人向他吼着。但他并不生气，他也许根本就没有听到他的吼叫，他只是一心看着那双鞋，它们在他眼前的地上蹦跳着，像舞蹈的少女一般喜悦。他跟随着那双鞋，从城西出来，过了杏花村，就是得胜桥下的杏花河了。那男人回头再看他的时候，眼里分明有了一丝恐惧，尽管他尽量地掩饰这种恐惧。他的脚步越发地快了，到最后竟如奔走。而王老头却并没有舍弃的样子，紧紧跟在后面，远远就看见得胜桥了。当王老头看见得胜桥的时候，他才发现自己已经有些累了，鲜血从老王的半边脸上淌下来，他想尽快地到那属于自己的桥洞里，那是他的家，他已经不想那双鞋了。

那男人终于停下了脚步，他转过身来，他的身体因为奔走、愤怒、恐惧而越发地颤抖了，但他竭力想让自己镇定。路灯下，他的脸色苍白，气喘吁吁。王老头本想告诉他，他就住在得胜桥下的拱洞里，但他没有说话，他因为脸上的痛苦而表情僵硬了，他依旧在笑着，他听到了那男人发出了一声沉闷的、急促的声音，他单薄的身躯就向他扑了过来，他的双手像要掐住他的脖子——王老头闪开了身子，他看到那男人像一朵乌云一样飘了过去，王老头忽然想起那一双鞋子，他想伸手去抓住他，但没有抓住，只听到扑通一声，就在墨黑的河水中消失了。

"浑蛋！"王老头丢下他的小木箱，一边顺着河流的方向奔跑，一边对着河水尖叫道，"你让我还怎么擦那双鞋子！"

在第二天的《晚报》上，人们读到一则消息，说昨晚财税局副局长因为抑郁症而投河自尽，截至记者发稿时，尸体还没有打捞到，警察在一个同时失踪的擦鞋老头的木箱中，找到了他一只擦得锃亮的鞋子。

胡依北的前世今生

天将亮。

就在天将亮的那一刻，胡依北醒了过来。她盯着窗户看，透过窗帘的缝隙，她能从病床上看到外面的梧桐树枝，几片枯叶在风里摇摇欲坠，却一直还在那枝头上。已经好几天了。胡依北在想，只要这几片枯叶不落，她的生命就还有希望。

胡依北得的是淋巴肿瘤。

在住院之前，胡依北是电视台的主持人，主持的一档节目是婚姻介绍，名曰"幸福通道"。这是一个在当地很热门的节目，这个"通道"不仅仅是未婚人士的聚集地，更是很多看热闹人的聚集地。每天晚上开播的时候，尤其是大妈大婶，就都聚集到电视机前，对每一个对象开始评头论足。人们等着片头的广告播完之后，就看见胡依北花枝招展地出现在台上。她的大眼睛扑闪扑闪的，甜美的声音带着万分的妖娆，仿佛要推销给每一位未婚男女的人只有她自己这一位已婚女士一样，她的妩媚与妖娆几乎是整个节目的主要话题之一。人们关注着她今天是否又穿了一件敞开肩膀的低领长礼服，还是几乎就要被扇子吹开裙摆的超短裙——可是台上的电风扇再怎么卖力，她的超短裙却像注了铅一样的沉重——而她性感的大腿，每迈一步，那肥硕的皮鼓似乎就要绽放出让人心跳加速的振奋人心的鼓声……之后，那些精心打扮的未婚男女就鱼贯而入了。

胡依北觉得，这是她的功德，只要介绍一对男女成功走向婚礼的殿堂，她就觉得自己在上帝面前增加了一分话语权。可是她的丈夫却不这么看，作为一位数学教师，他总是讽刺她的工作，认为那只是保媒拉纤而已。

其实，胡依北与她的丈夫也是通过相亲认识的。当年的媒婆就是她就职的电视台节目制作部的主任，一位戴着一副夸张的眼镜、说话细声细语、衣着永远是同款西服短裙的职业女性，有着让人温暖的关切之心，虽人到中年，但皮肤白皙，细长的眼睛透着不谙世事的天真与纯情，保养得十分好。她说："胡依北你太感性，所以应该找一个理科男当老公。"胡依北也觉得，这是对的，因为她吃过感性男的苦头。她在大学中文系的

时候，与同班同学谈了一场惊天动地的恋爱，那位男同学是诗
社的社长，又是校园广播里的主播、话剧社的主演，有着那么
动听的声音，那么俊美的脸庞，更要命的是，还写一手好诗，
尤其是爱情诗，当年他给了她一首诗，说是自己写了献给她的，
她至今还能背得出那动人的句子：

　　我爱你，
　　　并不为了你是什么，
　　　更是为了我的样子
　　　当我和你一起时。

　　我爱你
　　　不仅为了你给自己所做的，
　　　更是为了你为我所做的。
　　我爱你
　　　因为你带走了
　　　一部分的我
　　我爱你
　　　因为你向我成长中的心灵
　　　伸出温暖的手

领我走出一切的荒谬。

　　有一次，胡依北与男友生气，可是男孩却不知自己做错了什么，胡依北说，你若跪在我面前，我就原谅你。她就像一个骄傲的王后，而男孩居然就真在偌大的食堂里当众就向她跪下，众目睽睽之下，胡依北感动得什么气都没了。当年的初恋，文艺男生可是燃烧的一团火，胡依北觉得自己就是火上的开水，沸腾之后，几近烧干，最后终于成了灰。临近毕业，两人商量着今后的生活，男孩说，你到我家乡生活，我一定伺候你一辈子。胡依北却说，我怎么能生活在你那遥远的北方，你跟我回我的南方去吧，我的父母只有我一个女儿，他们不愿意我远嫁他乡。两人就为这事苦恼着。毕业后两人只有鸿雁传书，渐渐地就没有了消息。火无声无息地灭了。天各一方，其实谁也不再想念谁。

　　胡依北在电视台工作，在一次"幸福通道"的节目制作中，一个男生朗诵了《我爱你》这首诗，胡依北惊讶得目瞪口呆，这不就是她的初恋男友写的诗吗？她以为这是初恋男友想念她了，故意通过一个不知哪里蹦出来的男生来唤起她无限美好的回忆，她在那一刻差不多就要转身不顾一切地奔向那个她丝毫没有想念的北方城市了。可是，这样的冲动念头只在她的头脑中一闪而过，她转身问那个莫名其妙的男生，此诗从何而来？他竟然面无表情地说，你不知道这是爱尔兰诗人罗伊·克里夫特的名诗？教堂里举行婚礼都要念诵的呀。胡依北几乎就要昏厥了，她觉得自己被骗了一百年才醒过来，所有的爱在那一刻终于成了死灰。她发誓，如果再碰到什么会写诗的男孩向她示爱，一定不会饶过他。

这时，胡依北现今的丈夫就在专题制作部主任的带领下来到了胡依北的面前。这个充满数学头脑的人丝毫没有什么浪漫情调，生日不会点蜡烛，情人节不会送鲜花，每逢佳节，给她煮一碗面，算是非常有热情的事了。但胡依北觉得踏实。她像历经沧海桑田的过来人一样，很快就接受了现实，迅速同意在一个非常没有想象力的所谓宜婚的日子举行了通俗的婚礼，这婚礼在她过去的想象中是最不能接受的——漫长的酒宴，向长辈端茶，接收礼金，嫁妆里头要有金戒指、金项链……一样都不能缺——一切烦琐的礼节与往来，胡依北惊讶于自己竟都坦然接受着，并亲自演示着，还在心里悄悄地记住了每一个细节，心里想着今后有了孩子，当自己成了婆婆或岳母，也一定要自己的孩子在这样的礼数中一样都不能少。人生就是这样轮回着，胡依北当时就这样告诉自己。婚后她还不止一次地担心，婚礼是否隆重，还有什么被疏忽的细节。她的女伴打趣说，即便有遗漏，现在也木已成舟，没什么可以补救了。不，胡依北说，将来我孩子的婚礼，要更隆重地举行。那一年，胡依北才26岁。

对她来说，这接下来的10年婚姻生活，过得十分满足，她生下了一个儿子，丈夫在中学按部就班地教书，她在电视台当着风光无限的主持人，小日子虽没有什么惊涛骇浪、大富大贵，倒也安稳。她常常骄傲地告诉别人，这就是命。她还会鼓捣着自己的那点存款，与几位闺密一道经营起一家银饰店。她真的是具有天生的推销能力，以她妖娆的声音和妩媚的笑容，晚上在银饰店一站，顾客虽不盈门，销售业绩却蒸蒸日上。胡依北觉得自己不但适合当主持人，还有经营头脑。她觉得自己就是放到荒岛上也能生存得又风光又性感的那种。

直到有一天，胡依北感冒咳嗽了两个月不见好。

胡依北原本以为，这只是普通的感冒，过些日子就好了。虽过了两个月不见好，她也懒得去医院。但她的丈夫有些担心，他担心的不是她的感冒咳嗽不见好，而是担心她从超市买的药是不是假的，凭经验自己给自己开药方，这样胡乱吃药，肯定是不对的。因此他强烈地要求妻子上正规的医院看看，或者，你就咳吧。胡依北在10年的婚姻生活中，对丈夫的话是从来不当回事的，咳就咳，她心里想。但她的脚，还是走到了医院，顺着排队的人群，挂上号，走进门诊部 312 室，一位年轻的医生微笑着给众多的病人开药，面目清秀，耐心细致。胡依北一看就觉得这医生体贴、好。她才不管他是否太年轻，经验是否不够，或医术是否不够高明。她打定主意给他看。轮到胡依北的时候，他用清澈的目光打量着她，拿听筒在她的胸前背后测听，手法轻柔。

医生询问了病情后，却有些脸色严峻，说，去做个体检吧。于是开了一堆的化验单，又是验血，又是 CT。若是换作别的医生，胡依北早已不耐烦，根本不会接受什么检查，转身就回去上班了。不就是咳嗽吗？小题大做，想占老娘的便宜啊？可是这个医生的话，她却觉得好听，觉得要听。她恨不得这病生得大点，能住进医院，好每天看见这块小鲜肉。

于是，胡依北立刻就去化验，中间给老公打了个电话，用习惯了的主持节目的娇滴滴的声音说："老公，我看医生了，好年轻好帅的，让我又是验血又是 CT 的，好累啊。"老公在那头面无表情地说："这么年轻的医生，恐怕没有什么经验吧？要不，另外换个主任医生看看，不就感冒嘛，何必大动干戈的？"胡依北的心中虽也有点不踏实，但老公这么一说，她反而有点偏了，说："别吃醋，你。"这边手机说着话，那边就踱进了放射科的门。

化验单一周后才出来。一周后，胡依北踏进门诊室312房，就见那年轻的医生脸色严峻，他轻轻地问："还咳吗？有没有好点？"胡依北脸上露出受伤的那种表情说，一直咳，尤其是夜里，一个人睡到半夜，咳的时候好孤单。胡依北这样说的时候，深深觉得自己的表情一定很动人，一定会在对方的心里埋下怜香惜玉的种子。可是她没有得到意料之中的回应，而只听到医生轻声的问话："有家属一起来吗？"胡依北惊讶地说，怎么啦？要家属来干吗？

"你需要住院观察，根据化验结果，有淋巴肿瘤的现象。"医生开诚布公地说。

"很严重吗？会死吗？"胡依北不依不饶和一贯的开朗声音里，微微地流露出惊慌，医生听得出那坚定的声音里有恐惧的颤抖，但胡依北绝不会承认。

"所以要观察，"医生说，"估计还是早期的症状，应该问题不大。"他尽量地用了温和的语气。

"喂喂，老公，我终于查出大病了，你快来医院吧。"胡依北给丈夫的电话就这么一句。她倒是有几分庆幸了，因为她觉得这样的结果是，自己又可以像公主一样得到丈夫的重视与爱护，还可以换来英俊的年轻医生的同情与怜惜。胡依北不觉得这是自作多情，她向来觉得别人的关心和哪怕一句简单的问候都是出于自己的无限魅力。

胡依北住进病房的第一天，偷偷地哭了一回。她觉得自己的生死，只在一线之间了，生命忽然变得实实在在了（这是她以前并不觉得的）。而死亡的气息，也让她觉得如影随形一般飘荡过来。医院里所有的气息，在她觉得就是一种生命的挣扎与呼唤。

经过化疗之后，胡依北的头发掉了个精光。在别人看来，这是最沮丧的时候了。

可是当胡依北在镜子前面看见自己的这副尊容时，觉得自己的光头形象很有电影明星的风范，她忽然亢奋起来了，对身边的丈夫说，你有没有觉得，我的头型比死人还正？她转动着自己的头颅，觉得妩媚的风情原来是可以有很多种可能的。"我应该去买一个玛丽莲·梦露式的假发。"她心里说。这让她少女的心曾经荡漾了许久的发型，从前是她不敢想象的梦幻，现在成了完全可以实现的现实了。

胡依北躺在病房里，看着窗外的枯枝上那几片枯叶。每当入夜的时候，心中就会有几分凄惶。她实在有些不愿意看到它们了，生怕哪天早晨醒来，看到一夜的寒风将那几片可怜的叶子吹没了，生命真的很脆弱，说枯萎就枯萎了。可是，我才30

多岁，30多岁的女人，可是经过化疗，她觉得自己就像一个干瘪的橘子，不再是那个鲜艳的水蜜桃。

　　一个疗程之后，医生告诉她，癌细胞控制得非常好，疗效显著。胡依北问："那是不是可以出院了？"医生说，当然可以，但每个月还需要化疗，化疗的那一周是必须住院的，其他时间，就随你自己安排了。胡依北有些宽慰，虽然治疗还必须继续，警报并没有解除。胡依北还是决定回家，趁着窗外的那几片枯叶还没有落尽。她觉得，世上是有神秘的力量在主宰着所有生命的，唯有如此，生命才有希望。

　　胡依北的闺密都庆祝她的出院，每天陪着她，百般无聊中，唯有打牌可以忘却生命沉重的话题。胡依北发现，每次当她向菩萨做了祷告，手气就特别顺。万一哪天背了运气，她就到厕所做祷告。有一次她输得差不多1000块，把她丈夫给她的零花钱快要都输完了，她怒而起身，上了一趟洗手间，出来时也不洗手，甩甩手就上去摸牌，结果摸到了三财神，一局就把输掉的钱全赢了回来。胡依北疯狂地笑了一下午。陪她玩的女人们只是觉得，胡依北经历这样的大难，又经过化疗，头发掉光，一定脑子也烧坏了，就由着她吧。于是，她笑的时候，众人也跟着笑，仿佛财神与她们在一起，都陷入了虚幻之中一样。这真是一个神奇的世界。于是，胡依北逢人便说，我现在是白天打针、晚上打牌。人人都为她乐观的心态感到宽慰与庆幸。于是胡依北越发觉得自己有面子了。

经过六个疗程，胡依北的肿瘤宣告治愈。这是她不曾有过的快乐的一天。医生只是警告她，还需要 5 年时间的观察。如果这五年里没有复发，那么基本就没有什么生命之虞了。胡依北的对策是，最好不要去想这件事。人生经过这么一个劫难，她觉得，没有走进鬼门关，她命算是捡回了。这捡回的东西就像赌博赢来的钱，不是自己的，却归于你，你就使劲地花吧。

最初的那段时间，胡依北还是有几分挂碍，内心不踏实。于是开始信佛，又拜了一个太极拳师父，学会了一套简易太极拳，每日里比画着，觉得生命的气息慢慢地在她的身体里粗壮起来。最让她高兴的是，丈夫并没有嫌弃她，她想怎样就怎样。她觉得自己有点女王的味道了，她对自己的闺密说，我别的没有，就是个好。她觉得自己的身体在康复，敏感的神经说明化疗与癌细胞并没有给她造成伤害。闺密们在她生病之后，任何说法都不会去反驳她了，一切都是她说了算。

于是，她越发觉得，自己的见解有着难以反驳的深度，对人世的理解，是那些从来没有经历过磨难的人所不能体会的。

"你是对的。"一个闺密说。另一个闺密就使劲儿地点头。

胡依北请了长期的病假，电视台也不催她去上班，即使她早已出院，即使她早已宣告治愈。人们怕的是，万一复发，这是谁都不愿承担的后果。胡依北成了一只自由而美丽的小鸟，在钢筋水泥的城市丛林里飞翔穿梭。虽然她不再主持婚姻介绍的节目了，但那种介绍婚姻的爱好不但保持良好，还与她逐渐旺盛的生命力一道苗壮成长起来。她每天都在搜寻着可以介绍的对象。渐渐地，一切可以介绍的东西，她都愿意参与，比如房子、月嫂、化妆品销售，也包括民间的各种药方、传说。一切的一切，她都拥有强烈的好奇心。别人有工作，有家庭需要照顾，而她有的是时间与精力。有些闺密朋友甚至越发佩服她，深深觉得，她自从生了病以后更加鲜活了。

只要你与她一见面，就会留下深刻的印象。首先是她丰满的身材，在经过化疗之后，有些畸形的发胖，但体形还控制得可以，该凸的凸，而且她还会偶尔将凸出的地方再妖娆地展现一下。其次，是她的发型，经常变换，今天看到的是梦露，明天就是洛佩兹的短发了。不知道的人会觉得神奇，其实只是她每天换一个假发——她喜欢每天换假发，这变成她的专利了。即便她掉光了的头发长回来了，她还是要戴假发。再次，就是，你还没有见到她，就听得见她踏着笑声而来的快乐与轻盈，紧接着，就是八卦消息，某某离婚了，某某破产了，谁又找了个靠山争回了损失……胡依北说着，又一阵哈哈大笑，伴着夸张的手势。所有人也跟着笑，虽然他们不知道自己在笑什么。但这其中，也有把她的话信以为真的，那就是她一个闺密的老公，一个老实巴交的工厂主，办了十多年眼镜加工厂的老刘。

老刘办工厂，实在也是老实巴交的那种，不仅不会偷税漏税，而且国家出什么政策，他都严格照办，工人要涨工资，他二话没说。尽管老刘该交的都交了，但地方政府财政不足，要各辖区的大小企业补税，老刘也是立马照办，从不拖欠。其他企业主都找关系，能省的省一点，能少交的绝不多交。但老刘不这样做，他要光明正大地做人，绝不为这蝇头小利苟且。结果，他办了十多年的工厂，大约只有中间两年收成好一些，其他时间，几乎也就保保本。工厂不出利润，维持着就等于亏，因为你没有多余的利润可以投资再生产，规模永远不能扩大，产值一成不变。老刘终于想通了，要把这工厂转让掉。他找了好多人，但没有人接手。直到他想起胡依北，就跟她说了一句。胡依北居然拍着胸脯就答应下来，而且很快就找到了愿意接手的下家。谁也不知道她是怎么找到这个人的，总之，胡依北就把人给带来了，据说是她在电视台的一个同事介绍认识的，来与老刘见面的那天，也是胡依北第一次与他的见面。三人在一家咖啡馆坐下，胡依北还不知道人家的名字，只知道人家姓赵。

　　姓赵的坐下来就自我介绍说，我叫宝兴。胡依北一听就笑得前俯后仰。因为她在温州的老街坊，都是把傻瓜称为宝兴的，似乎这是呆子的专有名。她不知道赵宝兴是哪里人，一说，原来还是她表哥的妻子的表妹的丈夫，虽然离婚了，但胡依北还是认为他们原来有这么一层非凡的亲戚关系，立刻就有了十分的亲切感。赵宝兴个头儿不高，但有几分壮实，喜欢穿翻领的大衣，一顶华士帽，脸上戴一副民国风的黑圆框眼镜，眼睛不大，但眼珠更小，思考的时候，喜欢将眼珠往上一翻，只剩下眼白。他开着一辆黑色大奔而来，手臂夹着一个棕色的皮包，一看就是财力雄厚的主儿。

　　赵宝兴非常认真地听老刘的介绍，当他听说工厂运转正常，每年的订单虽不多，但也很固定，厂子虽利润不多，但不至于亏，当即拍板，以50万元现金价格敲定，并立刻从包里拿出印好的合同，签字画押，约好第二天先付20万元定金，余款一周后付讫。并要求老刘继续在工厂担任经理，另每月支付相应工资。老刘当即傻了眼，想象不出世上还有比他更实在的人。并越发觉得胡依北如有神助，了不起。

　　胡依北也是自那次之后对赵宝兴佩服得五体投地，深为自己有这样的亲戚而自豪。但她心里还有几分疑惑，毕竟她不像老刘那样对世界毫无探究的欲望，她的好奇心激发她不断地深入去了解赵宝兴这个人。在老刘这件事上，在赵宝兴支付了所有的款项之后，胡依北约他在咖啡馆喝茶，就开门见山地问一个为什么。赵宝兴卖关子套近乎，说，你叫我买啥我就买啥，谁叫我们是亲戚呢？胡依北当然不信，这与亲戚有什么关系？赵宝兴说，你那么漂亮、那么温柔，我只有听从。胡依北虽然听着也是满心欢喜，但她依旧是不信的，我既非你的情人，跟你也没有什么一夜情之类的缘分，或者说，即便有这可能，这一切都也还没有开始，你听从我什么呀？

赵宝兴最后终于抖出包袱了，他说，这世上的生意人有两种，一种是老实的生意人，他们负责投资与生产。另一种人就是善于资本运作的人。前一种人永远也上不了台面，只能当平民大众，后一种人却是引领风骚的精英，在社会的最上层，比如李嘉诚就是。而我要做的，就是后一种人。老刘的厂子，在他手里，经营一辈子也就这么多钱，但在我手里，就能产生无穷的利润。

胡依北佩服得五体投地，但她还是不明白究竟，赵宝兴最后说，你看，只要它不亏，我以企业的名义在银行贷款，你看，让老刘在厂里当牛做马，我已经把付出的钱加倍地收回了。然后我再去收购下一家企业，再贷款，我的钱一天比一天多，却什么事也不必做，让老刘们去辛苦吧。这就是我的资本运作。

胡依北忽然发现自己这辈子，最佩服的就是这个名字叫宝兴的男人了，在她眼里，这个人就是一个男神。那个在中学教数学的老公，在宝兴面前，简直就是宝兴的宝兴——呆子中的呆子。他教了那么多年的数学，可是数字是怎么产生的，利润是怎么计算的，他根本就不知道。胡依北决定，这辈子要跟着宝兴走。她生了一场病，不仅捡回了生命，还赢得了一个男神，她觉得自己赚了又赚。她将自己的房子抵押了，贷出钱，连同自己与丈夫所有的积蓄都交给宝兴进行资本运作，老公的警告在她听来不仅是刺耳的噪声，简直就是愚蠢的头脑里发出的呻吟。老公说，这人不事生产，天上哪里会掉馅饼？胡依北说，我本来是连命都要握不住的人，如果亏了，不就是几块钱吗？再说，大难不死，必有后福，这后福，靠你是靠不住了，哪里知道菩萨会介绍一个宝兴给我呢？你就别说了，等赚了钱，你就只管分享吧。

"可是，资本万一被他运作没了呢？"老公只会说晦气话，惹得胡依北跳将起来。她是信佛的，虽然她自从跟了赵宝兴后，家里佛龛中的菩萨已被冷落很久了，但晦气的话，她是断不要听的。再说，我胡依北也是有经营头脑的人，在赵宝兴的资本运作上，我也是进行过深入调查的，虽然我的调查只是听听赵宝兴的自我介绍——当然这后半句话，胡依北并没有说出来。

胡依北没有说出来的话还有，就是对于赵宝兴的资本运作，她悄悄地找山上的道士卜了一卦，得的是咸卦。道士说，如果求经商，那是个好卦，合作经营，前途远大。道士还看了一眼胡依北因为化疗的激素作用而有点发胖的脸，说，虽然你的肤色略暗，但大难已除，必会迎来大富大贵。胡依北内心惊奇这道士怎么就能看穿一切呢？而他观察自己的眼神，坚定而富有灵光，她因此判断他肯定不是胡说八道。她的信心由此倍增。因此，她只对丈夫说："你放心就是了，做数学，你比我好，挣钱的事，就交给我吧。"

胡依北一共在宝兴的公司里投入了200万元，赵宝兴在她的户头里转入了两个亿，过两天就转走了，用赵宝兴的话说，这是给她的户头增资，以便她在银行的信用得到资本的确认。这样的运转经过多次之后，他让胡依北与银行签订一笔信用贷款，又贷出100万元。当然，所有的利息，都是宝兴帮她支付的，她将毫不费力地在一年之后赚到了100万元，这是赵宝兴拿着账本告诉她的。于是胡依北逢人便说，她现在是宝兴公司的股东，只用了一年的时间，就已经赚了100万元——这个数字虽然只是账面上的，但胡依北却觉得实实在在地就在那里，她仿佛看见了一堆红红的纸币上那些防伪金线在阳光下闪着无比灿烂的光芒。

　　再过了半年，银行在收回贷款后，不再贷款给赵宝兴了，胡依北不知赵宝兴的哪条资金链子断了。胡依北还在犹疑中，却发现自己再也找不到赵宝兴了。不仅那说好的100万元利润没有了，她在赵宝兴那里的所有资本都没有了，银行将她告到法庭，房子没了，积蓄没了，她的信用贷款，还必须还，可是，她又能从哪里赚那么一大笔钱呢？

　　胡依北在街上独自逛着。

　　老公的怨气是她最不能接受的，当初贷款时，你不也签字了的？去年说赚了100万元的时候，你不也是喜笑颜开的？现在亏了，你不高兴了？生意有赚就有亏的，这是真理。

　　胡依北想不通的是，她觉得自己以前的生活是好好的，后来虽然生了大病，可是并无大碍，这不是值得庆幸吗？这难道不是她即将大富大贵的预兆吗？命运之神总是如此眷顾她，这下子，却不见影子了？

　　胡依北在街上独自逛着。她逛着逛着信步就走到医院，走到她住过的那间病房。她看见那个年轻的医生正在病房门口与一个病人家属轻声细语地说着话。他转身，看见胡依北呆呆地立在那里，就跟她打了个招呼，说，你的情况怎样？胡依北摇摇头说，不好。医生说，不会的，都5年过去了，不会复发了，你放心。胡依北忽然靠在医生的肩膀上哭了起来，一边说，医生，人家活一辈子，我像活了两辈子了。医生以为她说的是自己的病情，只好轻轻拍她的肩膀，安慰说，别激动，这是好消息，你看，窗外的树叶那么绿，都快把整个病房的窗户给遮住了。胡依北抬头看，真的，当初那么枯萎的树枝，现在那些梧桐叶子又大又绿呢。

给灵魂剃个漂亮的头

胡依北有一天告诉我，她已经有两个月约不到她的理发师了。

"她去哪儿了？"

"不知道。她的店门关了有好几个月了，手机也不通。"胡依北疑惑的眼神、无辜的情态，倒是更令人担心的样子。

"那你换个理发师吧。"

"不行。我专门找她理发，已经有 20 年了，她做的发型最合我的心意。别的理发师我一个也不相信。"

胡依北的话，我一向也不大相信。她总是夸大其词。胡依北理一个短发，一边长点，短一点的右边的头发贴着脸，倒是很衬她鸭蛋似的脸型。据说这种脸型是人类审美历史上最漂亮的，但我总觉得那里的线条走得不是很顺。就像一张茶叶，漂亮是漂亮，就是老了点，泡出的茶水，有点苦。

我看着茶叶在水里翻腾，茶叶会在水里写一些字，比如"怕""你"……"人""M""L"。这最后两个是什么字？我仔细观察，可是我无法参透。茶叶继续翻腾，然后，就降落在杯底，无声无息。所有的字迹，都抹灭在水里了。这让我联想起胡依北的理发师，她也在那样的翻腾里忽然无声无息地不见了。

其实，我是认识胡依北的理发师的，她叫方立方。我之所以认识她，是因为我的前女友胡丽娜也是她的客户。从前我总是在她的店楼下等我那个磨磨蹭蹭的前女友，冬天的冷风让我很窝火，我想象着她理完发，还要在镜子前面显摆好久的情景，根本不理我一人等在楼下。

是的，她的理发店开在二楼，店名也没有。也就是说，她租了一间套房，而不是商业店面，她也不去工商审批登记。那栋楼位于人民路，沿街商铺挨着商铺，人声鼎沸。什么店都有，服装、化妆品、首饰店、银行小分理处、肯德基、成人用品店……行人纷至沓来，跟随满街的梧桐叶而来。人行道上的法国梧桐树有些年头了。但方立方的理发店要走进街边的小巷，绕到楼面的后首，走楼梯可以到二楼的平台，再沿着平台的走廊往左走过三道门，才是她的理发店。或者说，那就是她的家。那是一套四居室的大套型，最大的客厅，当然就是她的理发室，里面的两间卧室，一间是洗头的，有三张床，床头分别有三个洗头盆和淋水蓬头。另一间卧室据说是美容厅，我没有进去看过，因为大多是女性客户在里面。

我总是对前女友说，你剃个头干吗要那么久？

"你才剃头，你全家剃头！我是理发，你懂不懂？"

好吧，你全家才理发呢。

方立方擅长理短发，给女性理短发，给男人也理短发。据胡依北和胡丽娜的说法，理短发才见功夫，长头发吹吹直就好，没什么技术。她理发的价格还挺贵，一个头要 300 块，也就 20 分钟的工夫。一个头 20 分钟，一个头 20 分钟，她一天可以剃 30 个头。

在我的前女友胡丽娜看来，剃头，那是农村里最粗俗的说法，那是对人类的头发最暴力的剪除方式。而理发才是优雅的，是对发型的整理与爱护，是一种尊重——不是对人的尊重，而是对她的头发的尊重。在胡依北看来也是。

胡依北是谁？胡依北是我小说里的一个人物，她出现在我的一个短篇小说《胡依北的前世今生》里，那时她正在生病。

　　自从她在我的小说里出现以后，就经常来和我说些她的事情。她希望我继续把她的故事写成小说。

　　胡依北再次跑来找我是在去年的冬天。去年的冬天特别冷，下了霜的青菜特别好吃，我的岳母给我晒了二十刀酱油肉。北方喜欢做腊肉，但酱油肉在北方是晒不成的。有一年温州籍的小说家林斤澜先生想吃家乡的酱油肉，就在北京的冬天晒了几刀，结果是外面的肉冻僵了，里头的肉腐烂了。这是他亲口告诉我的。温州的酱油肉是这样做的：从菜市场买几刀肉来，浸入满盆的酱油中，要浸几个小时，酱油里还要添加一点白酒、一点糖。然后捞起来，穿上绳子，挂在太阳底下晒。特别是春节来临前的半月，一般这个时节冷风呼啸，阳光灿烂。于是一边冷风一边暖阳，几天下来，肉被晒得硬硬的，收起，塞进冰箱，储存起来，任何时节拿出来蒸一蒸，味道极好。

　　胡依北对我说，她的理发师回来了。

　　"她去哪儿了？"

　　"她去香港了，闭关两个月，真是神奇。"

　　"学习剃头新理念去了？"

　　"你才剃头，你全家才剃头。"

　　胡依北这话像极了我的前女友胡丽娜。我喜欢将丽娜的发音改成 nuo，婀娜多姿的娜，多有古典气息，可是丽娜不干，她认为我是在嘲笑她。她怎么就没有一点幽默感？她怎么就不觉得那是一种昵称？"称你个头。"她粗暴地说，虽然她的形象是整齐的，短发梳理得就像一棵被园丁仔细修剪过的冬青树。胡依北大概的模样也是相似的吧。她继续说："她真是神奇的女人，她在香港修行，据说这是一种特殊的修炼，在两个月里不能和任何人说话，包括自己。沉默，是与一切神秘力量沟通的本源。"她说话还挺文绉绉的。

"这怎么可能？她能熬得住？"

我非常怀疑她的修行。我晓得她是一个话痨，她有说不完的话。她只见过我两次，都是我在前女友身边等待的时候。她一边飞舞着手中的剪刀，一边唾沫横飞地讲着各种新消息、新概念、新思路。她的头脑比她的剪刀转动得更快，我都担心她会不小心剪掉我前女友的耳朵，虽然若是真的剪到了，我会很开心。就这两次的印象，已经让我无法忘记这个五短身材的女人了。

"我叫方立方。"她第一次见到我的时候，快乐地自我介绍，"哟，丽娜，你的男朋友真是帅啊。"她毫不掩饰地称赞起我来，"你知道温州今年的政府报告里说，今年 GDP 增长的主要源头在哪里吗？是在化工领域和服务业，我们服务业的贡献是最大的哟。我准备要扩张业务，把这个理发工作室进行连锁反应，要在温州开出一百家来。"她甚至都不屑于说开一百家连锁店，而是说要连锁反应，我不知道她的大脑是如何感应这词汇的。实际上，她的理发工作室是家黑店，即没有上报工商，更没有纳税，什么 GDP 跟她没有一毛钱的关系。于是我就顺口对她说："你知道 GDP 是怎么计算出来的吗？我告诉你，打个比方，有两个人一起在路上走，看见路边有一堆狗屎，一个说，你要是吃了这堆狗屎，我就给你 5 万块。另一个想，这钱不拿白不拿，他真的就吃了，他拿到了 5 万。他们继续走，那个出了 5 万的有点反悔了，这时他看见路边有一个流浪汉，他说，你相不相信我跟他接吻？另一个不信，打赌说，你要是真的接了吻，我就给你 5 万。于是那人真的抱住那个臭烘烘的流浪汉接起吻来，他拿回了这 5 万，于是 GDP 统计说，今天在一个小时之内发生了 10 万块交易，而实际上是一分钱也没有发生。所以你说的那东西，就是一堆狗屎而已。"我把刚从杂志上看来的比喻讲给她们听，我有点扬扬得意，自诩学问渊博，她们应该佩服得五体投地，结果除了换来她们一阵哈哈大笑之外，方立方下了一个结论："哟，丽娜，你男朋友看起来挺帅啊，就是思想太 OUT 了，说的都是什么恶心事啊……哎哎，你知道最近什么产品最火吗？就是一种护肤药，能迅速除痘。"

她们热火朝天地继续聊她们的话题，我只好无聊地看着她柜台边上的各种产品说明书。

方立方身材矮小，但壮实，皮肤黑里透红，头上梳着无数条小辫子，像非洲女人，奶子硕大，又不喜欢穿胸罩，两个麻袋奶在宽松的红袍子里晃来晃去，如同蒙古奶牛。每说几句话，就要扬起脖子大笑几声，露出一排雪白的牙齿——这大约是她最漂亮的地方了。

不可否认的是，方立方确实很挣钱，她聘请了好多助手、徒弟，工作室倒是热火朝天的样子。

第二次去方立方的工作室，是在半年之后，还是去接我的前女友。进了她的门，却发现里头空荡荡，那些助手、徒弟一个也不见了。她的工作室里只剩下一把椅子摆在镜台前面，上头端坐着我的前女友。但里屋倒是摆了好几张按摩椅。方立方说她要转型了，要开发除痘产品，她的除痘喷雾剂能消除脸上的一切痘痘。她们一边继续聊天，一边剪刀飞舞，可是很明显，她的除痘产品并没有多少客户，偶尔来的一个人，还是来烫发的。

她的100家连锁反应店，大概已经被驱除到痘痘之外了。她在大厅前面，挂了两大排奇装异服，我想大概是三个月前的设计吧，她说是要给客户们做形象设计，可是终究没有人理睬，因此就被冷落在一边。我翻了翻那些衣服，倒是有点像欧洲电影里的戏服，虽然她的客户不会接受这些衣服作为日常生活的形象设计，但我能看到她们羡慕的眼神在这些衣服上逗留过。不过谁要是真的被方立方设计成这样的形象出现在街上，我敢肯定沿街窗户上的玻璃一定会一片片腾空而起，并且音响效果一定会很好。

我忘了自己是怎样认识胡依北的，总之，她也不是无缘无故就出现在我的面前的。我能够想起来的是在一家名为布波的咖啡馆里见到她的。她独自霸占着吧台前面的一张桌子，玩手机里的电子游戏，声音有点大。我刚好坐在一边，我就请求她把音量放低些，不要影响我的阅读。我要了一杯美式咖啡，其实也就是一杯充了水的黑咖啡而已。胡依北凑过来，说："我想看看你读的什么书。"其实读的什么书并不重要，重要的是她想有人和她说话。她也是一个话痨，不管看见谁，她都愿意和他或她聊聊。她说，我的名字也是很有诗意的，它来自一句古诗："胡马依北风。"你知道吗？我哪里知道？说实话，我是因为认识了她，才记住这句诗的，我至今也不记得是古代的哪位诗人写的哩。"你爸真有学问，给你取这么好的名字。"我由衷地说。"我自己取的好吧，"她说，"我原来的名字不好，不是不好听，而是让我的运气变得很差，自从改了这名字，就好多了。"她得意地说。

"你原来叫什么？"

"胡丽娜，你看，多俗的一个名字，人家总是叫我狐狸哪，我的前男友还叫我阿娜，读 nuo，真立不牢，好像要倒下来的样子。"她强调说。

这样认识之后，我经常会在咖啡馆里见到她。她一见我来了，就马上和我并一桌说话。真的，咖啡馆是一个很好说话的地方，无论怎样的唠叨，在咖啡馆里都变得可以忍受了。她对世界上任何事都充满好奇，有时候她不会只有一个人在咖啡馆里，她身边常会有一些陌生人，有研究风水的、有研究基因的、有研究佛学的，他们都声称能够指导人生。这是真的，你只要相信基因可以修补改变，风水可以转换命运机制，佛学就更了不起了。在胡依北眼里，他们都是神奇的人，但我绝不是。我只是她能够倾诉的一个普通对象。她对其他人是充满景仰的，她从他们那里获取信息，然后需要倒出来，我刚好是这样一个对象。

现在她要对我说的是方立方的神奇遭遇了。

"你一定要见一见她。"胡依北说。

"为什么？"

"记得上次我和你说，她去香港修行了吗？现在回来了，可神奇了。"

"神奇在哪儿？"

"她会通过搭脉了解你的过去和未来。"胡依北声音高亢，"那次我去给她做发型，她趁机搭了我的脉搏，搭的是脖子这里。"她把头伸过来给我看，用手指着自己的脖子。我知道这里有一条脉搏，我很想也伸手去搭一下，因为她的脖子皮肤很白，肌理柔顺，像天鹅一样漂亮。

"她说了什么？"

"那不能告诉你，这是我的秘密。但我可以透露一点给你，很准的。她说我缺乏被爱，缺乏深情的拥抱。我的过去只有父母之爱，未来的爱还没有抵达。"

这不是胡说八道吗？谁的过去不是只有父母之爱，但一想也对，有些人的过去还没有父母之爱呢。至于未来的爱，夫妇之爱或情侣之爱，你没有，那怨谁？但我不能表达反对意见，否则她就不和我说话了。我必须表现出感兴趣的样子。实际上，我也被她唤起了某种好奇。

"她现在成了灵修大师了，有很多弟子学员。"胡依北说。

"那就去看看呗。"我随口一说，胡依北却很认真地立刻用手机拨出号码。方大师却到郊外的大罗山去了。胡依北说，没事，我开车，一个小时就到。

　　我挡不住胡依北的热情，坐上她的车就去了。

　　大罗山距城里大约15公里，一直往南开，沿着蜿蜒的山路就能抵达山顶。大罗山的山顶有一条龙脊，也就是一条断成二十四节的巨石裸露在山峰之上，像极了恐龙的脊柱。山上轻风拂面，景色壮观。在停车场下了车，往步行道上走15分钟，就会看见龙脊。方立方大师正带着一群男男女女坐在蓝色的软垫上，伸展双臂，仰头向天，闭目呼吸，口中念念有词，像在呼唤神灵，又像在舒展躯体，像瑜伽，又像气功，然而皆不是。我听见方大师在说："让我们放下过去，翻开新的一页，让灵魂得到修补，未来就在眼前。"地上坐的都是她的信徒，他们穿着经过时尚改造的不伦不类的汉服，每个人一律披着红色的长围巾，衣袂轻飘。

　　"看起来她的信徒还挺多啊，数一下总有20多个。"我说。

　　"不是信徒，是学员。"胡依北纠正道。

　　从胡依北的介绍中，我才知道，方大师的课程，比她的理发价高多了，三天的课程收费5600元，还很难约到。

　　方大师看到我们，自然很高兴，她匆忙结束了打坐修行阶段，接下来是相互倾诉学习心得体会，在进入这个段落之前，她夸张地拥抱了胡依北和我，并邀请我们一起参加。她对胡依北说，你的男朋友真是有品位的人啊。胡依北笑起来，赶紧否认，撇清关系——我只是她的普通朋友。

"真的假的呀？这一年来你一直带着他来工作室理发，他对你那么顺从的。"方大师说。

"真的假的，大师还不知道吗？"我调侃她。

"这可不一定，世间的变化，人是猜不到的。"方大师说，"不过我搭一下你的脉搏，定能告诉你谁是你的天使。"

"你的工作室那么火，那么多老客户，你不做了？"我问。

"人要剃头，灵魂也要剃头。我现在是给每个人的灵魂剃一个漂亮的头。"方大师大声地说，她的话语被风一吹，居然漫山遍野地回荡开来。

她说"剃头"？！她居然说"剃头"？！我用眼角看胡依北，她却好像没听到一样。

我当然不愿意给她搭脉搏，如果她的手指都能够从我的心跳里获悉我的前世今生，无疑是一件多么可怕的事。而且我深切地怀疑，她不可能做到。与其听她胡诌我的命运，不如就看她怎么给灵魂剃头吧。

所有的学员开始安静下来，听她"布道"。在我听来，她说的话语，归纳起来无非就是"相遇""缘分""感恩""和谐""自然""洞悉秘密""寻找爱""获得爱""事业""发展""乐观的未来"。将这些词汇反复折腾，就可以排列组合成无数矛盾颠倒的动听句子，若是写在纸上，一定难以卒读，可是经她的嘴一讲，却好像天衣无缝。我承认她是一个能说会道的天才，我看着她的两片嘴唇就像蝴蝶的翅膀在花丛中飞舞——这时正好杜鹃花开，满山都是。或者，再打个比方，这两片嘴唇就像海里的淡菜，在海滨的岩石上一开一合，海水一会儿拍击她，一会儿露出金黄的肉体，倒是颇能引起人的食欲。

但奇怪的是，听着听着，一个学员开始痛哭流涕，于是大家轮流拥抱他，一个袍子抱住另一个袍子，抱成一串袍子。他们感动于自己的感动，然后张开双臂伸向天空，接着双手合十，感谢天地，感谢父母，感谢社会。

方立方于是总结说，等我们下了山，我们就是全新的自己，让我们重新融入社会，用爱心，拥抱社会，拥抱事业，拥抱家人，拥抱朋友，我们的灵魂就变得无比漂亮，披着我们精心打扮的短发，让我们重新相遇。

原来方立方只会剃短发，所以，在她的词汇里，就没有长发飘飘的位置了。她是以短发的修理者而自傲的。

仪式举行了很久，参加仪式的人都不累，他们精神更加焕发。到了下午 5 点，大家开始互相告别，这个点是下班时间，他们确实工作了一天，按照法律规定，也该回到各自的生活中去了，他们心满意足。

但胡依北还是拉住了方立方，说，你得免费给我搭个脉，为我指明方向。"我是你 20 年的客户了。"胡依北说。

"时间真比死人还过得快。"方立方不小心就说了一句方言里的粗话，一边说一边就将手伸向胡依北的脖子，她闭上眼睛，"听"了很久，然后开始说了："你啊，十年前生了一场大病，是淋巴肿瘤，在这之前，你在大学里遇见了你的初恋，那是一个文科男，你们爱得要死要活。生了病之后，你以为自己会死，可是有贵人相助，你活过来了，但是你不知道自己是怎么活过来的，你以为是医学拯救了你，实际上是你自己拯救了自己，是你自己驱赶了病魔，你很了不起。"

胡依北越听越高兴，她当然相信是自己拯救了自己，医药只是一个幌子。问题是，这些都是我写在小说里的故事，我说过，这小说是发表过的，她说得跟真的一样，莫非读过我的小说不成？像她这样的人也读小说？不是说现在的文学杂志只有编辑和作者看，根本就没有多少读者了吗？而且，编辑只读自己编辑的那篇，作者只读自己作的那篇，其他文章根本就不看。

"对了，你爱帅哥，跟眼前的这位帅哥是谈过一阵恋爱的，那时你叫胡丽娜，但他不是你的真命天子，他只是一个冒牌货，其实你爱的是他的朋友何其光，那个人给了你梦幻，但却抛弃了你，你就认为这名字是与你相克的，你改了名。"

她越说越不像话了，我忽然想起那杯苦涩的茶，茶叶在茶汤里显现的"M""L"究竟是什么意思？

可是胡依北早已泪流满面，她紧紧地握住方立方黑漆漆的双手，感激地说："大师，你不要再说了，上课的时候，你让我也参加吧，也给我剃个漂亮的头吧。"

于是她们拥抱，合掌，山风吹得她们的衣袂飘扬。

当我再次在咖啡馆里遇见胡依北的时候，她精神焕发地独自坐在一张靠墙的桌子前面，看见我推门进来，她睁大了眼睛，一副惊喜的样子，大声地招呼我坐到她的面前。我不确定她惊喜的表情是真诚的还是故作姿态的，但可以确定的是，她把自己打扮得颇精致，将长发在后脑勺儿上梳了一个髻，脸上的皮肤显得光滑发亮。她看着我，目光中充满了期待，我似乎要说点什么。

我说："你看起来比以前好像瘦了点。"

"我没有减肥，也没有整容。"她骄傲地说。

"你精神焕发呀，有做运动？"

"不，我是能量增加了。"

"什么？"我没听明白。

"知道吗？我在方立方导师那里获得了能量，这能量让我松弛的肌肉都获得了提升，你看。"她伸长了脖子，抬起下巴给我看，"所有的脂肪都提升了，所以你再也看不到我的双下巴了，它们都提升到了头顶。我所有的能量都在上升。"

"这能量据说可以接通宇宙。"我故意逗她。

"真的真的，你听说过吗？世界上真的有这种能量，一种正能量。"

"那什么是负能量呢？"

"负能量就是那些不好的情绪，比如悲伤、愤怒、暴躁……"

她饶有趣味、喋喋不休地向我解释着她的关于能量的知识。

"也就是说，我要赞美这个世界，赞美你，那就是正能量，要是我有不满，批评这个世界，或批评你，那就是负能量。"

"对，对……啊，你真是我的知音。"

我觉得我已经没有什么话可以和她交流，这咖啡馆，我一秒钟也待不下去了。我站起来准备走了，临走，我回头对她说："说真的，其实我看不出你有什么变化。"

"那是你还没有切身的感受。"她一副伸手想拉住我的样子，"有空我介绍你去我的导师那里，喂，你什么时候有空？"她似乎不依不饶。